主编　凌翔

当代

小河流水静静淌

邹安超　著

天津出版传媒集团

天津人民出版社

图书在版编目 (CIP) 数据

小河流水静静淌 / 邹安超著 . -- 天津：天津人民
出版社，2020.12
（当代著名作家美文自选集 / 凌翔主编）
ISBN 978-7-201-16845-6

Ⅰ.①小… Ⅱ.①邹… Ⅲ.①散文集—中国—当代
Ⅳ.① I267

中国版本图书馆 CIP 数据核字（2020）第 242222 号

小河流水静静淌
XIAOHE LIUSHUI JINGJING TANG

出　　版	天津人民出版社
出 版 人	刘　庆
地　　址	天津市和平区西康路 35 号康岳大厦
邮政编码	300051
邮购电话	（022）23332469
电子信箱	reader@tjrmcbs.com

责任编辑	岳　勇
封面插画	陈　姝
装帧设计	陈　姝
主编邮箱	jfjb-lx2007@163.com

印　　刷	唐山楠萍印务有限公司
经　　销	新华书店
开　　本	710 毫米 ×1000 毫米　1/16
印　　张	13
字　　数	200 千字
版次印次	2020 年 12 月第 1 版　2020 年 12 月第 1 次印刷
定　　价	49.80 元

水流淌出的情怀（自序）

我家门前有条小河，从小最喜爱的就是那汪河水，沿着水流的方向，爬坡上坎，上学放牧，所有的行为轨迹，都依恋着水而发生。

依水而居的生活，让我对水自小产生着爱恋。多年前，我开始了文字写作，写出的文字便是出去游历的记录，也是关于水的描述，是一篇写重庆武隆芙蓉江的游记。由此，开启了写水文字的篇章。接下来我按水的性情写了许多关于水的散文，江、河、湖、塘、水库，有飞流的水，有安静的水，有润泽的水，有温情的水……不管是哪样的水，都赋予她们一种最具代表的性情，要么诗意，要么澎湃，要么安静，要么灵动，这样，关于水，就有了一个系列，《水韵周庄》《盛夏，木格措的静》《九寨，纯美的水世界》《西湖的魅》《江南，水做的女儿身》《润泽绍兴》《峡谷之水天上来》《秀湖之水》等等。多个篇章还发表在《散文百家》《太湖》《青海湖》《重庆日报》《重庆晚报》《西部开发报》等省级以上公开出版物，由此，水对于我的恩泽不单从生命赋予而上升到一种精神层面的慰藉。此系列得到国内多位评论家的关注和指点，也有评论家在我水系列文评中所述"她以自己对于水的语言表达，不时让人眼睛一亮，我想，一个简单的标准，让人眼前一亮该是好作品的基本评判。读她的作品，我也在跟随她的脚步，感知她的思绪，沉浸在她的山水世界……"

看到水就会首先感受到万物的灵性，有句俗话说，水生灵也生情。灵是外在的，情是感知的。水是生命之源，所有生物，水所占比重都是绝大部分的，如人，水就占百分之七十以上。水载万物，水生万物。孔子说，"仁者乐山，智者乐水"，老子也说过水，"上善若水，水善利万物而不争"。可见，圣人也那么喜爱着水，何况凡夫俗子？

水赋予文学的滋养是无尽的。几乎所有从事写作的人都会在文字中有对于水的展现。因为，水能赋予人们美学的感知。水是灵性的，也是柔性的，也是难于用语言表现的。所以我在写每一处水时，首先会思考：这里的水有什么样的心性呢？通过思考，会找到一个关键的词来描摹她们，如《盛夏，木格措的静》，就抓住第一眼对于这湖水的感知：静。于一片水喜爱，莫过于静静地待在那里，任时光悄无声息地在你身边溜走。朱自清写梅雨潭水的绿，很是奇妙，有抒情、有描写、有对比，把一潭湖水写得呼之欲出、活灵活现、引人入胜。那么我在写水时，就力争把各种水那种扑面而来的喜悦用直接而强烈的感性表达出来。在写九寨沟的水时，我有了"这些飞瀑连缀一体，如流动的链条将九寨的水从飞天链接而来，多彩多姿。瀑，因走势的高低，悬崖的大小而呈现不同的心性，但无论以哪种形式的瀑布飞泻，都是水肆意地在放纵自己，要么飞动如蛟龙，要么倾泻如帘幔，要么柔软如丝帛，要么清雅如素罗，总淋漓展示着灵动的韵致"。这样一来，九寨的水让人身临其境，也让人无法摆脱对她的迷恋。

写了那么多水之后，写作的习俗已然养成，便有了不自觉的写作冲动，由此，水像是一把钥匙，打开我写作的门锁，也是赋予写作灵感的源泉，以致后来写了很多的文，写山，写古镇，写花草树木，写生产劳动，写乡间的万事万物，写生活的点点滴滴……一切，都由景而生，由心而出，由情而传递，也成了表现生活的载体和方式。

生活因水而丰润而多彩。

目　录

第三辑　梦想·悠远

我出生于小河边，那里有村庄，有农舍。原野上，有农人的耕种，有稻香四溢，花开花落。而我，最喜爱那汪河水，沿着水流的方向，爬坡上坎，上学放牧，看河里鱼儿的跳跃，感受故乡人的喜怒哀乐……

小河那里是故乡

　　一条小河，水草茂密，水质清澈，河面不宽，却潺潺悠悠地流着。由此，小河流经之地就有了小桥流水人家的韵致。

　　这个地方，我称为"故乡"，她的名字叫"天堂"①。

　　地处西南渝西，浅丘的山峦容貌，清秀淡雅；流水相拥的村庄，静谧迷人。弯弯的河水，流过村庄，流过田野，流过家门前那慈竹环绕的院落和冬水田。

　　春天，略显苍凉的原野被春风撩醒，小草偷偷从土里钻出来，给干燥的空气带来星点诱人的嫩绿，有了微凉的湿润。随小草的萌动，小河里，泛起微微波痕；田野里，有了润浸和生命本色，也有了生机。

　　抬眼，一垄一垄的耕地，内藏一层夹一层的冬水田。田里的水，与天空直射下来的光线融合，明亮亮地晃眼，那是存储的雨水和融化的雪水，澄澈见底。底下的淤泥，躺着苗秆腐熟的印迹，就等春风这一声集

---

　　① 天堂，故乡所在地的行政村名"天堂村"。

结，才唤出活泛的涟漪。

不知不觉，惊蛰来临，沉睡的乡野，有了活动的身影。故乡的汉子从土坯房出来，头戴草帽，肩挎犁铧，吆喝着耕牛，绕过河上的石桥，出现在乡间小路，而后停留在冬水田边上。停下来的汉子，扔掉缰绳，放下犁铧，蹲于田角，点上旱烟，狠劲地抽着。等到烟瘾过足，仿佛浑身有了力气，才脱掉黄胶鞋，挽起裤腿，把独自在一旁低头啃草的牛鼻子一紧，嘴里发出"吁"的指引声，耕牛乖乖走到面前。随汉子手劲用力的倾斜度，慢慢走进田里，随后有了人走牛奔往来反复游走的光影。光影身后，是一铧一铧带着地热的新鲜泥土。

这样的场景往往是乡村耕作的序曲，曲目的表演，与二十四节气交替变换紧密结合。翻地、起垄、播种、覆膜、栽秧、施肥、锄草、防虫、收获……这些过程精耕细耨，周而复始，故乡人给冠上"大春"和"小春"生产的名号；这些过程，让故乡人从土里刨出了赖以生存的满足，它们是粮食，衣物，一家人生计打算的支出；这样的过程，总伴随着劳累和辛苦，但希望的种子，却在心里一点点生出。等到收获之时，尽管时有捉襟见肘，但没有喧嚣，没有争吵的故乡，总是质朴祥和。

都说，乡间的劳作是一幅画。画面，通常都烙刻着季节的符号，演绎出曲线般的生活节奏。春耕、夏耘、秋收、冬藏……

最灵动的画面，是夏季的黄昏。耕耘一天的故乡人，带着喜悦的心情，扛着锄头，牵着耕牛，拿把青菜，三三两两，聊着口音浓重的"龙门阵"①，唱起走调的革命歌曲，从乡村的各个角落走向村口的堤岸，浣衣、淘菜、戏水，仿若乡村小集会。那热闹的场面，可以是会场，是戏场，是谈情说爱的恋爱场，是言传身教的课堂……当欢笑和浣洗结束，温情的小河送走最后一位故乡人，夜幕完全降临。小河安静得如一面博

---

① 龙门阵，川渝地区指"聊天"。

大的镜子，澄澈透亮，水韵的气息慢慢氤氲，把乡野的气息焙制得温润迷人。一缕缕灰白的炊烟从农家烟囱窜出，带着各种饭菜的清香被微风稀散，与空气中停滞的暮霭交融盘旋，给房舍、田野、河面罩上层层纱幔，乡村变得诗意朦胧，叫人痴迷和眷恋。

从河岸回家的人们，各自倦怠家里，在炊烟中，听着犬吠的声息，烹饪着粗茶淡饭，它们是烙麦粑，玉米饼，红苕①饭，自制豆腐乳下稀饭……没有山珍海味，但各家屋头的笑声，清脆悦耳。

笑声散尽，煤油灯里的煤油也已燃尽，大人催促着孩子熄灯就寝，自己却又重新挑亮灯盏，做着针线，擦拭农具，一家人的生计打算，慢慢商定。

故乡人就是如此淡定，不受贫富甘苦的牵绊，不受利益得失的钳制，心澄澈得如那弯河水，不怨不悔，清清静静，坦荡包容。

爱，是万物依恋大地的缘由，故乡的河流也如是对故乡人说。这样的爱悠长、温暖又深厚。

---

① 红苕，川渝称"红薯"为"红苕"。

山丘上那棵树

　　沿一条碎石铺成的乡村公路前行，路面不宽，也不好走，我们的车稍不留意就会被一些坑坑洼洼绊住。一路颠簸，一路打着退堂鼓，好不容易在晃晃悠悠中来到一处峡谷。

　　视野范围内的土地，被杂乱的毛草遮着。两边，则是山丘裹挟的坡地，那些裸露出来的土质，是紫红色的土地本色。在大大小小的地块中，时不时从毛草丛中露出几棵李子树，给人荒郊野外却又具几分生气的自然原生态感觉。这感觉一上来，大家一下像被灌注了兴奋剂，精气神十足。

　　简易停车场就出现在这里，前面只有一条羊肠似的石板小路，要想继续向山里去，弃车、步行，是必然的选择。

　　刚下车，我被左前方一个饼状的山丘吸引，虽说海拔不高，看着也不过高出停车场几十米，却有屹立之感。也许是山野的灵秀与自然之魅惑，这样的小山丘也有了大山之子的雄伟和巍然。心中正在疑惑，却发现，原来并不高的山丘，那种伟岸竟然来源于一棵树。也不知这树是什么树种，更不用管是否佛家所说的菩提树，或者自己思想之中冥冥期盼的神树，就那玉树临风的招摇，就把我的思想深深触动。

山丘的泥土并不肥沃，是西南地区常见瘦瘠的沙砾土。按农人耕作的要求，沙砾土是不利于农作物生长的，如果非要种上庄稼，歉收是不可避免的结果。可以想象，在这样一个山丘上，没有深厚的泥土，没有充足的养分和水分，能成长出一棵高大的树木，光是那份坚韧，就要经历怎样的苦痛？

迫不及待地，沿着依势而上的石阶，很快蹿至树下，才细细打量这棵招摇世人双眼的高大树木。

原来，她是那样普通，普通到我们出门到任一个地方，都可撞见的黄葛树。依旧遒劲的枝，宽阔的树冠，盘根错节的根系，深深地向地下的砂砾谷扎去，紧紧拥抱着脚下的泥土，不离不弃，不管贫瘠，不管风雨，只是忠于。耐过风雪的寒冷，耐过酷暑的高温，躲过世人鄙夷的目光，尝过世人尖利长舌，永远耸立在这里，在进山的路口。最终，生长、繁茂、挺拔，弘扬出自己的力量。她静静看着山间的一切，心如止水，宠辱不惊，眼见季节更迭，花开花落，村人去了又回，忠贞、庇佑，如灯塔瞭望着，给人一种菩提之感。

带着一份崇敬，站立树下向周围的村庄环视一周，视野的旷达和乡野的宁静，把人带入一个安宁的乡村画卷，这样的景致让人迷恋。自然而然，绕树三圈，没有作揖，没有叩拜，脑海里却在畅想，是叫她"望乡树"还是"祈福树"？后来，进到山里，走过一户户农家，眼见个个勤劳坚韧，几乎在与世隔绝的山里却生活得殷实富足，我就想，是否与山丘上那棵树的庇佑和给予有关？这样，还是送予她"祈福树"更为贴切和恰当吧。

感受春日

　　苏东坡有诗云："竹外桃花三两枝，春江水暖鸭先知"，我想不仅仅是"鸭子"能感受到春的曼妙，山、水、风、雨，人都能欢快地嗅到春的气息吧。

　　立春过后，春悄然地裁剪着华丽的衣衫，刻意地储蓄着绿，尽管温暖被冬隐藏于罗幕轻寒，但春依然昂扬着生机勃勃的头颅，把去冬的冰冻雪涝刺破，洗却人们一脸的疲惫，埋葬那隐隐的伤与痛。在惊蛰的一声炸响里，被农人的犁耙惊醒，将柳梢点绿，把春草拂翠，邀回南飞的春燕，唤醒迷茫的小河，沉睡在草长莺飞的欢快与喜悦中。

　　风儿牵着褶皱满襟的裙衫徐徐地走来，轻轻地、柔柔地，漫过山冈，走过草地，趟过小河，驻足树梢，呼唤着阳光，踩着一曲曲笙歌，乖巧、娇羞。拂面，如婴孩粉嫩的小手轻揉，又如母亲温暖大手抚慰，惬意、舒畅、沉醉、释然。看柳枝婆娑地摇曳，逐柳絮叨叨地飞舞，看桃粉李又白……尽情地领略春的生机与博大。此时，融身自然的怀抱，感受生灵的点头、礼让，不经意地会露出温情的笑靥，尘世的烦忧瞬即随风飘散。

　　"好雨知时节，当春乃发生，随风潜入夜，润物细无声"。入夜，悄悄地，一场春雨细细地、轻轻地漫游而来，轻寒又添，雨丝湿漉漉地停留于树丫间、小草旁、花蕊中，绽放出透亮而温润的湿，万物生机般地灵动起来。人们慌乱中突显井然地加衣添裤，似带几分责备地抱怨：乍暖还寒，乍暖还寒。可是小草、花儿、柳儿们却是更加欢快，呼朋唤友兴高采烈地跳起锅庄^①，他们喜滋滋地迎着雨丝，轻轻地褪去枯黄的衣衫，抽芽、拔节、绽放。一场春雨一层绿，从嫩绿、翠绿再至葱郁，将世界清新、盎然、活力般烂漫开来。

　　等到天明，阳光温暖地洒开，万物任由它肆意地抚慰与亲吻。那稀疏而娇嫩的叶儿间，阳光捻成一条条金线，织着耀眼的图案，一只肥大而娇艳的母鸡图，挂在世界与春天之间，尽情地彰显。小草儿此时已站直了腰身，摇摇摆摆，想在阳光的怀抱里，拼命表现自己，展现一场争先恐后的表演，就这样，阳光慢慢地笑了……

　　可是正当春与阳光全力地装扮着、葱绿着世间，一场倒春寒肆意袭来，狰狞又狡诈，野蛮而虚伪，欲将春的活力与繁荣彻底抹杀。但春的执着与坚强以及那明媚的春光，终将用积攒着的温暖将之彻底击垮。新的一年，激情而骄傲的生命绿照样会葱郁整个世界。

---

　　① 锅庄，羌族欢快而热烈的集体舞蹈。

乡坝头的胡豆花

　　小溪，流水，农家院落，肥沃的土地，青葱的胡豆苗，将原野打扮得盎然生气。远远望去，静谧美丽，喧闹野趣，这是故乡春的景致。

　　在故乡，"蚕豆"称"胡豆"。作为矮秆作物，不娇不贵，生命力旺盛。立冬前后，农民选择晴天，在农院旁、自留地、责任田、土边角种下胡豆。除此，山坡上、小桥边、瓦砾堆还有狭小的石缝间，只要有一粒种子，也能苗壮地生长并开花结果，让乡间坚强而生机起来。

　　惊蛰过后，茂密的胡豆苗长至半米，此时春风苏醒，阳光也开始明媚，豆苗在光照与温度催生下，花蕾很快孕育，并次第开放，不张扬、不显摆。间或从秆下冒出，一丛一丛，若隐若现，小家碧玉的，容颜既不美妙也不雍容。要么白里透着静默的黑，要么黑里秀出紫色的蓝，无论是线条还是色彩都优雅得可爱，像蝴蝶，似眼睛，精灵般神气活现。闭眼，仿佛就能感觉出她们调皮地眨着眼，似与你眉目间调着情，也似与你原野间传着爱。如果想嗅她们的香气，只得委屈地贴近一点，因为胡豆化终是香液不浓的花朵，贴得再近，也难以嗅出她们的香气，就一股介于草与花之间的香味,清幽淡雅,把路人的目光牵引。

如遇春风更加勤劳,满山遍野地吹拂,那么在背坎、自留地、院落边和包产地,都会看到花和胡豆苗荡着纤柔的细腰,随着金黄的油菜花,给大地披上锦绣盛装。此时,如果说农人为丹青妙手,那么遍地的胡豆花就是隐藏的文人雅士,一笔一画,勾墨或描绘,都抹去乡间的萧瑟,让乡村盎然般静美起来。不等我们亲近,勤劳的工蜂们就"嗡嗡"地忙碌开来,飞上飞下,采蜜酿造忙个不停。

其间,一群顽皮的孩童,打打闹闹从院子走出。他们不喜炫目的黄,却为如草的香气注目,猴精般地蹲下身来,一株一株翻看着胡豆苗,将来不及隐匿的雄性花身一把揪出来,打量着它们素而不俗的娇身,毫无怜悯地将花冠去掉,留下花蕊,飞快送至嘴里,慢慢地细细咀嚼起来。花蕊中仅有的一点糖分合着唾液缓缓顺消化道向胃深处滑去,那微不足道的一点甜与消化液旋即混合,也分不出吞咽的是唾液还是带着糖分的汁液,但生活的清苦,被留守的困顿,却在这样的玩乐中得到片刻安慰与满足。

当似有若无的甜还在嘴里回味,兴奋的情绪复又袭来,眼睛瞄上胡豆苗中新生的嫩叶片。新生叶小小的、尖尖的,顶尖儿窝成一个卷,小喇叭似的,称其"马耳朵"。马耳朵尽管是变异的叶儿,却被乡村孩子当作是大自然赐予的玩物。所有孩子,均放慢脚步,弯腰下跪,伏地俯身,小心翼翼地翻找。如果运气好,不一会就收获颇丰,随后呼喊叫嚷着"找到马耳朵了,找到马耳朵了,我又找到一个!"欢快的呼声,荡漾在空气里,宣泄出心里的沉闷,难挨的孤独时光就在这样的嬉闹声中悄悄流逝。

当胡豆花凋谢,月亮形的小豆荚渐渐冒出,经风遇雨,也躲过倒春寒的肆虐,坚强而生机地成长着。很快豆粒成形,再充盈,再饱满,它们在盼望,盼望着能尽快成为都市人们餐桌上的美味佳肴,那份急切,如留守的孩子盼望着能走进城市那个花园式的学校。

李花白

这白，夹带着慈竹的青和油菜花的黄，铺满整个山谷，绵延着上千亩土地；这白，她最先从每一棵李子树的芽口星星点点地伸张而出，一朵再一朵，如此小心，生怕惊扰人们的双眼；这白，是花之色，她素雅而纯洁。可能是扭不过蜜蜂期盼的眼神，最终，才结伴成群一下子绽放开来，成双成对，成丛成簇，但又怕把枝丫压弯压断，才又小心翼翼地，羞答答地等着人们来抚慰。

没有油菜花的娇艳和张扬，没有牡丹花的富贵和奢侈，更没有山野小花的那种弱小和惺惺相惜，如果要用"花开锦绣"和"花开富贵"这样时髦之词来形容这弯白，似又显得故作和矫情。她的白，不张扬，只是一味地展现，如山间的农人一样，沉稳内敛，默默积攒着力量。在春风吹起的那一刻，悄悄地孕育，慢慢地滋长，错过了蓓蕾孕育的甜蜜，也错过路人的惊讶，似乎一夜之间，站立在枝头。一枝一枝，一树一树，成块成片，努力地开放，努力地释放白，释放出圣洁和美好。

她们的白，蜜蜂没有错过，那些工蜂们，悄悄地藏匿花蕊，一拨又一拨，走了又来，来了又走，忙忙碌碌，勤恳辛劳，耕耘蜜酿，是哺育也在奉献。

同样，这样的白，也让栽种她们的农人心花怒放，尽管他们早已司空见惯了这样的白，这白绽放了一年又一年，硬是在这片沙砾和石块散落的土地上开放了近三十年，但他们依旧掩藏不住内心的喜悦，想要急切地恭迎山外的人们，把这些美好分享给他们，告诉他们：这里有他们播种的白，绽放的白，纯粹的白。

你家几十棵，他家上百棵……一年一年，不断积攒；一户又一户，团结起来，就把这个马蹄弯形的山凹给占满填满。房前屋后的慈竹，偶尔没有栽种李子树的田块，油菜花们不服气地冒出来。慈竹努力地青翠着绿，油菜花毫不客气地绽放着艳，青青翠翠，妖妖艳艳，但都敌不过这洁净的一弯白。这白，也让山外的人们有了期盼，有了向往，于是，便成了他们踏青，观赏，释放热情和追逐大自然情怀的地方。

有些怀旧的，免不了弃之车载，放下背包，在白的指引下，沿着这弯土地，走在青石板铺陈的李子树下，摸摸这棵，望望那枝，说些小时候在邻家偷食果子的闲话。遇到携家带口的，他们就会闹嚷嚷地，一会儿树下，一会儿枝丫，一会儿躺在那棵最大李子树旁的大石头上，来个优雅自在的"葛优瘫"，再拍几张靓照发到朋友圈传到山外显摆显摆……

不知不觉，一天时光，都被这乡野霸占，被这花之色和自然之气紧紧拥揽，当后知后觉感知时间的流逝，肚子里"咕咕"的叫嚷声恰好到来，才被树林中那些赫然打着"感受美丽乡村，体验农家饭香"招牌的农家乐吸引。丝毫不用选择，随便走进一家，点三两土里刚采摘的蔬菜，来份农家自产自销的土腊肉，嚼着从李子树下才挖出的折耳根凉拌菜，快哉美哉！嗟乎，神仙般的逍遥日子也不过如此的悠闲自在。

如此不淡定地玩乐一天，原路返回，再回头看村庄百姓的生活，都被这洁白的花花世界修炼得淡然和宠辱不乱，似乎有接受到自然灵性的光辉。他们祖辈居于此山间，简静、自在和优雅，在贫瘠的土地上，用心经营，把浮世人们都嫌弃的农家生活，过得有滋有味，让一张又一张的钞票在枝丫间，在山水田园中，闪亮耀眼。

世间的美好，永远都在各人心间。

山里人家

　　如果要给这户农家一个关键词的话，我毫不吝啬地给予一个"优雅"的形容。

　　说到"优雅"，并非一定与受多少教育，拥有多少财富，见过多大世面等钱、权、势有关，在山野之中，汲取自然的芳华，蕴含万物之灵的农家，他们也可把自己的生活过得安逸幸福，优雅从容，一如隐居山间的隐士。

　　想到隐士，自然想到晋朝的陶渊明，他隐居山野坐拥万物灵秀的山水情怀，后世人总爱用优雅和才情把他包装起来，事实却也如此，否则何来"山水田园诗人之父"的雅号呢？

　　而今天我要说的这户人家，屋主人，分明是一近七旬农夫，小学未毕业的文化，既无崇高的思想，也无远大的抱负，更没诗人那样的诗情满怀。几个儿女中，均没有多高的学识和文化，但他却不缺失生活的热情，对幸福生活的追求。在他的意识里，如何建设自己的家园，就是他伟大而又光荣的素朴理想，带着这份与世无争的平静心态，在太阳升起的每一个日子，带着儿女，踏实地耕种，辛勤地劳作，不知不觉，就把一家大小的日子，过成了优雅自在的美丽田园生活。

当走进山间的每一个路人，无比向往地踏上一条山石砌成的乡间小路，钢钎和錾子敲打的痕迹，在脚下绵延，也在无声地述说。一锤，一錾，干净整洁，无尘土的蒙蔽，无杂草的碍眼，干干脆脆地，一直向前，仿佛远处有桃源仙境在等待。

路左右两侧层叠的坡土，土里生长着长势旺盛的蔬菜。除此，土中没有丝毫的杂质，一棵草、一片叶、一些废弃的白色垃圾，都被收捡得干干净净。尤其是看着一行行，一列列整齐划一的规整，路人就有采食的欲望和冲动。俗话说：沉下心做事，浮出身看人，此时，看土地上精耕细作的认真程度，就知主人对土地的依恋和尊重。

小路到尽头，就是这户农家的篱笆院门。门前拴一土狗，人未到，狂吠声起，再有几声鸡鸣的掺杂，显然是农家的住地。正惊悚于狗的狂吠，眼前一圆形水池漫入眼里，清澈、纯净，就那么忠诚地拥护着屋主人。三五几棵李子树，环池边上，花期正繁，肆意地播撒着洁白的情愫，枝枝丫丫地将水池包围。池中倒影，迷迷离离，再加路人的影像，似有镜中花，水中游的梦幻。且不管水池水的深浅，抬头就与农家的院落相撞，整整洁洁的琉璃瓦，精精神神地排列出，直达屋檐滴水处。屋内的装饰，与城市无异，家用电器、组合家具，城里人该有的，它们也都漂漂亮亮地出现在此。在屋檐的斗角上，几只展翅的鸟儿，如诗也如画，直接就给人山中隐者的错愕。依旧是一尘不染、素朴整洁、清清爽爽的院落，农耕农具都自在地安放在它们该有的角落。在花色的引诱下，来到屋后廊檐，码放整齐的柴火，一根一根，一节一节，毫无错乱，仍旧是光洁整齐，霎时，让人生出惊叹：这该有怎样的情怀，才能让主人一家的生活，一丝不苟，精细优雅？

心存着疑问，爬上屋后的阶梯，站在屋后竹林间，向下俯瞰。此时，撞入眼眸的那方水池，正印着农家的琉璃瓦，在李花的陪衬下，仿若王母娘娘那方宝镜打碎降落，晶亮、明澈，似乎在表白着屋主人的心境。在山间雾气的氤氲中，远方的李花和油菜田，夹杂着山野高低错落的田块和梯土，真真实实，缥缥缈缈，这样的景致，似童话，如桃源。

同行的人中，有人玩笑地说："坐南向北，背山望水；左青龙右白虎，前朱雀后玄武，这样的小院，民间传说的四大祥兽都被他家占全了，妙、妙，实在是妙"，话一完，山环水抱、藏风聚气的感觉一下浮上人心间。不过，仔细一想，这样的景致，这样的生活，完完全全是生活的有心人才经营得出来。

世人眼中的童话世界，并非天上掉馅饼那样简单！

清明花儿

春节过后，忙完播种的故乡人，利用眼下得天独厚的条件，尽情享受大自然馈赠的美食佳肴。会吃和善于吃的故乡人将目光盯向原野，索取着自然原生态的食材。

采摘清明花儿，做清明粑就是其中一种了。

原野中随处可见的一种草本植物，在惊蛰过后，土地中冒出许许多多，青灰色，叶片椭圆，状如西藏的雪莲花。可较名贵的雪莲来，贫贱得不值一提，却有特别的香气。周身布有细细的灰灰的绒毛，手一沾上，毛腻腻的，感觉很舒服，故乡人称"清明花"。称其"花"并不是指它的花朵，而是亲昵无间的一种喜爱，叫"清明花"时会把最后的"花"字故意拖长，且带着"儿"化的音，让人一听，就有亲亲热热的感觉，不用想，就知道人们对它的溺爱有多深重。年年岁岁，故乡的土地供养出这样的草本植物，它们是汲取着山野之气的珍宝，总把故乡人的胃牢牢地牵着。

"清明花"学名"青蒿"，故乡又叫"清明蒿"。"清明花儿"和"清明蒿"两种不同的称呼，有着明显用途的区分。如果是人吃，做清明粑用，便叫"清明花儿"，那时故乡的大人细娃都兴奋地呼啦啦地直叫唤，"采清明花儿去喽，采清明花儿去喽"；如果做猪草用，那么对同一种植物，故乡人则会理性地给予一种叫法，改称"清明蒿"了。印象中，凡称"蒿"之类的，很显然就是野草类，只有猪啊牛呀牲畜才吃的，划归为野草类而不是野菜类了。

无论是"清明花儿"还是"清明蒿"，三月时分，都是故乡人常挂嘴边的称谓。

当农家的妇人、老人和孩子，她们不再依恋手中的针线，不再呼朋唤友地打跳时，便是背着背篼，提着篮子，走向田间地头，采食清明花儿的好兆头。采清明花儿做清明粑用，那讲究就挺多的了，一看生长地域，二看植株大小，三要辨别品种，四更得看颜色鲜嫩度。采清明花儿时，首先选准地域，通常选那些较为干净，人迹少去踩踏和牲畜难于啃食的地方长出来的，一般是菜地里、干净的坡地、闲置的旱田、种植胡豆的背坎长出来的。来到这些地方，看准壮实生长旺盛的植株，往往这样的清明花儿长得灰白灰白的，叶片肥厚，茎干纤维细嫩；看颜色，青里透白，白里透出灰蒙的感觉，给人一种昂扬的气息。采时，看准一株，用两指轻轻地掐出嫩嫩的尖，犹如采茶女那样，采摘二叶或者三叶，这种嫩尖蒸煮后纤维细腻，入口不易扯牙，吃起来清香回甜。采一大背篼回来，去到河边用粑筛铺展得松松散散的，用双手使劲划拉着河水旋转，经受不住重力划拨的清明花儿则把山野中带来的污秽和脏物，从粑筛间的孔眼和缝隙漏去，这样，清澈的河水刷洗过的清明花儿就透出青澄澄的亮光，娇嫩欲滴。

洗净后的清明花儿，就可以做原料用了，也不必汆水去生去山野之气，要的就是那原汁原味的清香和嫩绿。用烧开的水直接煮熟，挤干水分，捏成团子，然后散开拌上汤圆面粉，让面粉与清明花儿的纤维充分搅和一起，如揉面团般用劲揉搓。这也是一项技术活力气活，总之要反复搓、使劲揉，直到清明花儿的纤维揉搓成烂糊状，掰开看着无明显的丝状纤维显露，才算搓团成功。搓好的团子，要做成形状，这其中还包括做成不同的口味和包入不同的馅。一般说来，清明粑分咸和甜两种口味，放的馅，也就多种多样，可根据家人的喜好，做成豆沙、芝麻、腊肉、鲜笋、鲜菇等的馅。做好的清明粑上锅上蒸笼蒸煮，半小时后，就成香气逼人的清明粑了。

在故乡，做清明粑，多数时候也是一种群聚活动，左邻右居，姑嫂妯娌亲家之间，远嫁的女儿都经常帮忙，大家欢天喜地，其乐融融。粑粑做好，送亲朋好友，存放冰箱冷冻保存，可吃几个月到半年。这样清明粑的香气会存续几个月至半年，也让春天的气息持久保存于生活，留在故乡人的唇齿间。

故乡人只知道清明花儿能做成好吃的粑粑，却不知道它的作用远不只这样，事实上，清明花儿还是一种功用很多的草药。《本草纲目》介绍：青蒿能治疗风湿寒热邪气，热结黄疸，通关节，除头热，久服轻身益气耐老。不知不觉，故乡人在享受美食之时，也享受着大自然免费保健的滋养。

大自然给予人类的恩泽和馈赠总是丰富多彩，有时还远超乎人们的想象。

安静的葡萄

1

当一颗又一颗小葡萄从巴掌大的叶片中露出，瞬间将我的目光牵引。顺着羞羞答答的颗粒往下捋，惊喜越来越强烈，一串、两串，三十多串出现眼前，仿佛电流击中我的大脑，近乎疯癫地喊叫起来。

这些葡萄生长在阳台，整个过程静悄悄的，淡定地出芽、生长、拔节、开花、结果，静寂无语，沉稳内敛得如一个个隐士，慢慢延伸自己的身体，丰富自己的思想，积攒自己的魅力。无论我给予什么，她们都默默地签收，既不索取也无要求，只从每日浇灌的自来水中吸收水分，从那个并不算大的白色花盆里，那本就稀薄的土壤中撷取需要的养分。水分是她们生存的根本，也是她们生命之源泉，她们得用百分之七十的水分来构成身体的各个部分；吸取的养分是有机肥和无机盐，需要多少，取多少，恰当地做好安排。哪怕是身体发育必须要的微量元素，在我配制的一抷土地中紧缺，或许根本没有，也无怨无悔。如磷、钾、钙、镁、硒等，这些有限的资源，要通过精打细算，根系多少，枝条多少，叶儿多少，身高多少，还要余留一些给未来出生的小宝宝。

当葡萄认为自己孕育的宝宝发育完全，会给我一家带来惊喜时，她们就会思索：怎样才能把自个的魅力展现得更绝妙呢？这事真累苦了葡萄妈妈——青青的藤条，既不能像她们那样只一味青和绿，也不能似土壤用灰黑的颜色来表达，她们最终想到了一招妙计，就是穿上多彩的外衣。可多彩的衣裳，并不那么容易得来，必须昼夜不停地缝制，一点一点地韵染，才能获得成功。于是，她们不显山不露水，默默地用功，积聚力量，由嫩绿、青翠、绿亮、淡紫，最终到酱紫或是黑紫，这种色彩的变化，就好比在玉石和水晶上慢慢雕琢而后成就出晶莹剔透的玛瑙。渐次的显露，不突兀，不冒进，遵循着自然生长的定律。仿佛一夜之间，也仿佛三五几天，或许一月？其实是五个月。那么久，总之，给我的感觉，就只有两种色彩的呈现——青和紫。

两种颜色交替，当中有多少变化，经历了什么，我不知道的，我只是等待，五个月的时日，心急又如焚，我一直都在盼，盼得望眼欲穿。其实，这样的时月，对幼小的葡萄来说，意味着从三月的烟花烂漫到七月的流火，当中要经历春寒的料峭，抗住倒春寒的肆虐和侵扰，把人类都惧怕的倒春寒，阻挡到门外；都说四月是美好的，可美好与险恶往往结伴同行，此时，草长莺飞，葡萄生长旺盛，病害与虫卵也繁殖旺盛，保护和斗争是葡萄交替要完成的使命；紧接着是经历五月的激情，这样的日子葡萄依旧如坐过山车那般担着心，怕稍有闪失，会前功尽弃；紧接着是经历六月的葱绿、累积，再到七月的炙烤……这才是她们的一生。这样的一生，被自然科学者冠名"生长发育"，我却认为她们是在修炼和奋斗。有了这样的经历，才能将一粒小米粒般大小的葡萄幼仔磨砺、锤炼成酸甜可口的葡萄果实，才有了可以让我一家品尝的自信，也更是她们存在一生的价值。

2

葡萄落户我家阳台，实属偶然，也应了"有心栽花花不开，无心插柳柳成阴"那句古训。

或许，葡萄笃定地认为：一味只生长于自然环境里，享受惯了得天独厚的条件，就如生长在温室里的花朵，离开温室就会枯败，如此下去，不利于家族延续，种族发展。

她们要挑战一种不可能，挑战到极限！

若能到一处逼仄的环境中，比如一个小小的花盆里，没有大自然的赐予，也无天然的给养，还能茁壮成长并开花结果，然后制造出让人类颤抖般的惊喜，那才是不输整个家族的魅力，延续发展家族的命运，展尽家族的芳华。

我偶然的介入，让葡萄终于有了换个环境生长的机会。可能，葡萄一方面是为更精深地诠释古训意义之所在，另一方面也是使命之召唤，便力挫群艳地在阳台扎下根来。

葡萄的娘家原本是在一处花果山上，那里土地肥沃，阳光充足，流水潺潺，百树庇佑，鲜花繁盛似"桃源"。那里有一个很好的山庄，也有一个好听的名字"桃花山庄"。顾名思义，春暖花开时，定便是花之夭夭了。两年前的三月初，我带两名美女记者在辖区采访，一想，这季节，正是花季，看啥都不如看花来得有视觉冲击力。最后，毫不迟疑地领着两美女记者去花果山上看了桃花朵朵开。

记者采访完毕，回程路过山庄的院坝，见坝子边上的沙堆里，横七竖八插着一些与筷子一样的干枝条，我一下认出这是葡萄条。试着问老板，这东西还用不，他说不用的了，如果我要，可拿点回家去插。抱着玩玩的心态，无心的一句话，我让六根葡萄条移步远嫁，来到我家。

我对这些暂时隐匿了芳容的葡萄枝条，随便用一个破旧塑料袋一裹就带回了家。好在，我当时并没懒惰，回家就遵循山庄老板的意见，用清水泡上，第二天一早，捞出沥干，随便找来一个死去苗木的花盆，按45°角的倾斜，插进泥中，再浇了水。这个过程，我做得很敷衍很马虎，一点也不仔细，从内心说也没抱希望这样的枝条还能开出花结上果。不过，随后的日子，在浇阳台别的花草时，出于仁道主义关怀，我仍会隔三岔五施舍一些水分在枝条上，看到泥土紧实后，假意地松松土。

刚嫁来的葡萄，是否在抱怨老板的舍弃，还是对我强占强掳的不满，抑或是对我不珍视她们抱有极度愤慨，沉寂又沉闷，毫无生命迹象地躺于盆里。看着这状态，我自然从心里产生出几分鄙夷，看她们干枯得那么厉害，枯瘦如柴，又离开了温润的故土，转换了环境，不伤筋也动了骨，况且既无根也无叶，能不能吸收到养分？能不能喝上我施舍的水？能不能成活是个很大的问题？

不知不觉，半月过去，葡萄枝依旧安静地躺在那里，既没生根，也没冒芽，我的耐心和希望就慢慢退去。随后的日子里，我无视她们的存在，只会全心全意地侍弄阳台别的花花草草们。

一晃三周时间到了，我的希望已降至临界，在几乎快忘记葡萄插条时，幸福的泡沫却在刹那间迸发。

那一天，我在浇花时、无意识地，往旁边的葡萄枝条一瞅。就那么一眼，让视力超强的我顿生惊异：有两根枝条的芽眼上，各冒出一个小小的胭红的苞子。小苞子嫩嫩的、圆溜溜的，布着细茸般灰黑的毛毛，微微地从芽眼凸出来，娇柔可爱。这可爱的小苞子，就那么一点点，如果我老光、近视或是散光，她们都不会撞入我的视线。但就这一小点，仿佛是希望的火种，将我心中的火苗复又燃起。我立刻确定，嫁于我家的葡萄，经受过短暂黑暗时光，她们懊恼、挣扎、愤恨、退却、释然，进而沉寂和思考，最终不忘使命，复活过来了。仿佛，一切的怨和恨，在怀抱发展壮大家族使命，展示家族魅力面前，都显得那么渺小和不值一提。终归，她们不计前嫌，宽容大度地，要展露她们的光华了。此时，看着这些小可爱，我除了激动、兴奋，还会畅想。

我在想：我家阳台，将是葡萄未来 T 台走秀的小小舞台；那小小的白色花盆，将是未来她们梳妆、打扮、剧目编排、争春傲夏、安身立命的蜗居处所。这样的居住条件，在这样的季节和空间里，土地不多，营养不够，就连必须要的阳光和营养物，我都不能完备地提供，葡萄会不会生活得好？会不会觉得委屈？甚至还会不会后悔嫁于我家？兴奋过后，想得很多，想得很远，想之前的不礼貌和对她们的轻视，想之后葡萄该是怎样的花容月貌。想着想着，就有些不知所措起来，然后，就是愧疚。我开始为自己的自以为是进行反思，开始自责，进而转为倍加感激，也施予出加倍的关爱。

从此，我对盆里的六根枝条，就时时关注，处处留心起来，生怕一不小心，会再次伤害她们，挫伤了她们的积极性，让她们再次受了委屈。

3

三四月的气温，如芝麻开花越来越高，也越来越温暖。此季，正是万物生长的黄金时节。阳台上别的花草，也抽枝的抽枝，花蕾孕育的孕育，都在各自展露自己的芳华。肩负使命又爱美爱生命的葡萄怎能输在起跑线上，她们也不服输地一点一点向上升起，葡萄芽苞很快膨大、散叶、拔节。发芽的枝条由先前的两枝也增至四枝，芽苞由两个增至多个。到六月，六根葡萄枝就复活了四根，除一根在我意外掰断扔掉外，其余三根枝条都长出两个以上的芽苞。单个芽苞一直不断生长，随后散叶拔节，叶片也慢慢长大，鸡蛋大、拳头大、巴掌大，又慢慢地蓬勃起来。

似乎又在不经意间，每个芽苞紧紧依偎在母亲的周围，团结起来，都一齐开枝散叶，最终，一个葡萄家族形成，将整个花盆牢牢地控制在她们的势力范围，尽力展示着她们翡翠般的容颜。铺满，伸张，也把翠嫩的一团绿铺满在阳台。这样的杰作，就如丹青妙手在描绘，在润笔调色，一点一点，一片一片，绿亮，盎然，吐露出生机，绽放出活力，把生的希望和能量释放出来。好似也把生命的力量传递给我们一家。

每每下班回来，我总要当一次葡萄家族的侵入者，站在她们蜗居前窥视许久，打探着她们。我打量她们时，先打量葡萄的叶片，再打量葡萄的枝丫，最后打量葡萄的高度，至于葡萄到底需要什么，我是打量不到的。每打量一个部位，我就在想着一件事，比如，打量到叶片时，我就会比较，今天这片叶，与昨天相比，是长绿了一点，还是长大了一点；那节枝丫，是长高了一点，还是长长了一点；这株葡萄今天是不是又拔出一节来了……我为什么总要比较呢？因为我的欲望在膨胀，内心总是不满足，我总希望葡萄能一夜之间长高长壮长大，最好是能结出葡萄，至于能不能吃上，并不那么重要了，重要的是我会吹嘘、会炫耀、会得意了，还会告诉别人说：我家阳台，种葡萄了！

一段时间，我的虚荣心在膨胀到爆棚时，葡萄的生长已转迅猛，她们书写出神话般的传说。

当芽苞长到一尺多长分蘖成枝条时，奇迹又在发生了。从一个枝节上，又冒出芽苞来，于是重复出芽、散叶、开枝的过程。到第一年整个夏天结束，也就是种下近四个月时间里，三根插条已长成三棵葡萄植株，并不离不弃地、快快乐乐地生活在那个狭小花盆里。她们不嫌弃空间拥挤，也不嫌弃肢体的碰撞，更没有感觉到面对面的尴尬，而是充满信心地攀比成长，评比着你美丽还是我美丽，你更为芳华还是我更具光华。接着，葡萄很快牵藤成蔓，很快繁茂将花盆遮掩，很快再拔节再攀爬，赫然翻越阳台的高度，成孔雀开屏状，魅力尽显，还开心地趴在栏杆上眺望着远方。

我家住在三楼，从小区的大门进来，目光直直就可对上。出入小区的住户们，只要一抬眼，目光就能与阳台对上，然后露出惊喜的神情，无不羡慕地问：你种了葡萄？

4

第一年，整个夏天，葡萄拼了命地展示，拼命地生长，近乎疯狂。到七月时，三株葡萄出落得如十七八岁的大姑娘，清丽又隽秀，把我的心挠得酥酥的开心得不得了。

我兴奋的情绪达到高潮时，秋也临近。

暑去秋来，葡萄经受不住霜风的吹蚀，有些花容失色地苍老。最先是叶面皱纹密布，干涸失水，然后是面容卷曲、枯黄，继而凋零。对这样的境况，我很是不舍和心痛，有些愤愤不平，甚至诅咒季节的更迭。没有绿色作陪的葡萄就只剩下干枝干条，挂在阳台栏杆上好比蜘蛛网，具几分丑陋和零乱，给人凋敝和落寞感。

到冬天，光光的枝条由青绿转成黑褐，外表还布满皱褶，时不时在枝节上露出一些裂开的小口，不算大，却很显眼，感觉就像是枝条的皮很快会被剥落。这样的状态，让人产生出一种错觉，葡萄经受不住寒冬的摧蚀，又会马上枯竭死亡。

因为从内心不愿意看到让我骄傲得意很久的葡萄离去，遇平时浇水时，还是会给它喂上一些水。冬天过去，干枯的藤蔓还是没有生气，就像我刚拿回来的插条一样。倒是她们的蜗居里，慢慢长出一些招人眼球的嫩嫩青草。青草很快攀比生长，显出生机和葱郁，这倒让我担心起葡萄，心生几分惆怅。

当我认为葡萄真正已死亡之时，第二年春季就来临。

春风一拂，万物苏醒，"死沉"一个冬季的葡萄，仿佛遇到灵丹妙药，呼啦一下振作精神，冒出许多紫嫩紫嫩的小小芽苞，紧贴在葡萄枝干的芽节上，斑驳星点，又把我的心焐热，燃起新的希望。

我更加地羞愧，有些无语自己的浮躁和不淡定。我什么时候才能似葡萄那样，安静地对待事物，对待生命呢？根本上，我还是一个不懂生命意义之所在，不懂季节更迭对万物生长有多重要的人。于葡萄来说，这样的更迭，是在沉降和磨砺，尔后在激发她们的意志力和生存的斗志。春生，夏繁，秋落，冬寂，直到入土化作泥，只有全过程地参与，才能演绎出完美的生命历程。这样的过程，把春的萌动，夏的繁茂，秋的坚持，冬的思考，体现得淋漓尽致，也可说这个过程在为后来的崛起蓄着势。因为，她们的使命在身，更应遵从并践行着这样的定律，得有超越非凡的韧劲和耐劲才行。

新的芽苞再出现，我的思想也得到再次的教育和撞击，我再也不敢轻视怠慢她们，赶紧拿出干油饼，兑上适量的清水，装于盆中发酵，粘泥，上盆，为的就是充分保障葡萄生长发育的营养需要。上足底肥的葡萄，到三月底，绿绿的枝叶，爬满栏杆，她们好似约好的，极尽所能地又开枝散叶。此时，惊喜的一幕又出现：那些藤蔓的骨节处，又冒出一些细细的小颗粒，通过再三辨认，最终确定是葡萄籽！

这一发现，好比哥伦布发现新大陆，给我注入一抹亢奋剂，欢呼雀跃，那种成就感，真如干了一件惊天动地的大事……

实则，我也帮葡萄完成了一个使命，帮助她们家族实现了一个壮举——从大自然迁徙到阳台，从自然环境到人为的小环境。有了这份惊喜，阳台上所有的花草中，葡萄自然成了眼中娇子。移嫁我家的葡萄，没有受到阳台狭小空间的制约，没有嫌弃花盆的逼仄，没有因为生存所需求的营养因子、环境因子全仗我提供而苦恼，而是极力修炼内功努力适应新的环境，仍旧以安静的力量泰然对待一切，该散叶时就散叶，该抽芽时便抽芽，该结果时齐刷刷地长出果，这份责任和表现力，真乃植物界中的榜样。

接下来的日子，我似一个农人，在狭小逼仄的空间作秀般地进行着耕种。精耕细耨，营养土，有机肥，对生长有利的，都给这盆里放去。

葡萄依旧沉默淡定，对我的转变给予包容和理解，依旧沉稳内敛，谦逊满怀地选择性汲取着需求的养分，安安静静地，一心一意求生长，粗大根系，繁茂枝叶。之后，悄悄地孕育出细细的花蕾，小白花谢幕后，米粒般的小葡萄像星星开放。

5

从三月到七月，一百五十余天，我再也不敢松懈，静下心来，以真诚的心意，留心观察，仔细呵护，随时保足水分和养分。因为我还知道，在阳光多的地方，葡萄表现得更具活力，更加精彩，更加娇艳。在有太阳的时候，我把别的遮挡物撇开，想方设法让她们多吸收到一些光照，时间长一点，更长一点，新陈代谢旺一些，叶绿体内的活动更活跃一些。葡萄为答谢我的付出，努力，再努力，既不邀功，也不张扬。只有当新的枝叶冒出，或者葡萄膨大，青翠、透亮，着色直到黑紫，有了明显变化后，才知道葡萄从未懈怠，她们懂得厚积薄发，一旦有表现的机会，就一鸣惊人。

七月的一天，当我认为葡萄纺织的衣衫很精美的时候，举行了一个隆重的采摘仪式。对这样的仪式，葡萄是满意的，但仍没表现出她们的兴奋，只是沉默淡定地跟随剪子来到我红红的托盘里，让我感受到了重量，也感受到那份沉甸甸的担当。连我一家三口嗅着馥郁香醇的气息，欣赏着她们紫黑晶亮的衣衫，发出喋喋不休惊颤的呼叫和赞美的声音时，她们也没应和一声。

随后，我们一颗又一颗地把她们吃进嘴里，如品尝圣果那般，细细地，慢慢地咀嚼吞咽，进而是沉醉，再是久久的回味和依恋……

野菊花开

夏天一过，秋即来临。待到霜露一降，满山遍野的绿争先恐后地，赶趟儿样枯黄，飘零。

记忆中，秋后的原野萧瑟、苍凉，这样的景象是万物都厌惧的。于是，秋收之后，小花小草们颤巍巍地失去了光鲜的外衣，紧接着是萎靡，最后入土化作了泥。连高大乔木上傲春争夏的树叶也不争气地簌簌落个不停。无奈，落寞，难免慨叹："秋风哪让绿叶在，又是一年冬来时"。但，大地上，却悄然冒出一些淡黄的小花，它们默默地承受着煎熬，用纤柔的腰身与风霜抗争着。终于，犹如一夜被唤醒，在一个不被人知的夜晚，悄悄地，一簇簇、一片片地肆意绽放。从茎顶，从丫间；从路边，从田旁；从荆棘丛生的灌木林里，甚至从不知啥名的山崖子里，也能倏地冒出金灿灿的笑脸。

"战地黄花分外香"，许这样，野菊花便被人们刻骨铭心地熟识起来。

与这野菊花形成鲜明对比的，是一种夺目的藤蔓植物，墨绿抑或深绿。黄与绿的搭配，将深秋的原野挑逗出生机和活力。黄是富丽的黄，夺目的黄，坚强的黄；而绿则是生命的绿、能量的绿，让人看到希望的绿。

绿藤下的膨大块茎，家乡人称之为——苕，亦"红苕"①。草本植物，其藤蔓细长，茎匍匐地面，块茎潜伏地下。藤可以做饲料，块根可以解决温饱或加工糖和酿酒之用。

红苕，亦如野菊花般，遍地生，遍地长。纯厚、坚忍、丰产的秉性，注定它们是饥饿年代人们相知相伴的知己，总那么忠贞地陪伴着故乡人的胃，让人们躲避饥饿的侵袭，被亲切地称为"救命食粮"。而故乡的人们，在那个困顿的年代亦突显出苕般的品格与魅力。

每每野菊花开时，伴着山坡上红苕藤带来的清冽香气，听着合作社传出的出工号子，父辈们肩挑箩筐，扛起锄头，三三两两地来到生产队长指定的坡上，不急不忙地掏出一包散乱的叶子烟丝，用皱巴巴的废纸片卷拢起来，小心翼翼地衔到嘴边，摸出火柴，点燃，"吧嗒吧嗒"抽吸起来。而女人们，三五成群叽喳叽喳闹个不停，说些闲话，拌上几句嘴。但见浓烈的烟雾弥漫全身，费劲地几声干咳，男人们眼泪直流，脸通红发亮，烟瘾也已过足。这时，全社的出工社员也差不多到齐。大伙在队长的催嚷声中，走向劳作的土块。该割苕藤的割苕藤，该挖红苕的挖红苕，尾随身后，手拿麦种的妇人们，仍是嬉闹着家常，可手里的活儿，一点也没懈怠。待暮色已近，眼见面前的土块已经平平整整，该点下的麦种，都已经乖乖地躺在土里享受着养分的滋养，于是，从收获到土地平整，再到下茬庄稼的播种，半天时间，就完成了三部曲。

等到收工时，故乡人，肩挑背扛的，挑着红苕往家的方向而去。山风骤起，山间的野菊花迎风招展，带来浓郁的香气和深秋的气息。

故乡人总是这般勤劳，但时代注定的生产方式和没有改良的原生品种，总是让土里不能多打出粮，唯有苕这样坚韧的块茎类作物，才能让

---

① 红苕，即红薯。

故乡人体会到收获的快感与喜悦。

被按工分多少分到户的红苕，并不能填满农家的地窖，却能让农家人在寒冬腊月里温暖地抵御严寒的肆虐。

院落里的孩童慢慢长大成人，原野中的野菊花也年复一年持久而坚强地生长，迎寒送往，站在原野所需要的每一个角落静静观望。不与百花争艳，不与世俗论功，只把自己的清丽与淡雅向农家人绽放。

时光如梭，改革开放的政策响彻大地，土地包产到户。相应地耕作的方式，也有了些精细。外加作物品种改良，让广袤的大地处处有丰收的景象。

野菊花开的时节，一垄一垄的山间，到处闪动着男女的身影。他们身后时常跟着还未成人的孩童，被温饱滋养后的一家人一路说笑着走向原野，走向山间。他们来到那块绽放着野菊花的旱地，女人麻利地将布于土面的苕藤割下，扎成束，仍进背篓，男人紧随其后将深埋于土层中的苕块锄起，甩进竹箩，就来回辗转于家和旱地。土地中的女人操起锄头，将泛着深褐泥土的旱地铲平，很快，平整的土地有了星点的坑洼，一排排、一行行，俨然整齐。此时，一旁玩耍多时的孩童抓过提篮，拈起三五粒饱胀的麦种，点在每个窝口。抬眼一望，男人已肩挑粪桶，悠悠然地奔旱地而来。近得眼前，一勺一勺舀起猪粪水浇灌于麦粒，再掩土，平整，这样，吃饱喝足的麦种安然地躺于温暖的地里坐等胚芽出梢，而农家人的播种才算完成。之后，男人和女人站于边上，惬意地欣赏着面前的杰作，看看深褐色的土，泛着土地特有的浸润，心想：明年春夏之交时定能有个好收成！这样想着，会心一笑，便不约而同地嗅着野菊花幽幽的香气，满意地往家的方向而去……

此时，挑回家的红苕，命运也如土地命运一样发生着悄然的变化。它们被撤离了饭桌，更多的是用作牲畜寒冬腊月里催肥饲料。时近年关，伴随着屠户的手起刀过，温馨的农舍传出宴请乡邻觥筹交错的欢笑。

每到深秋至初冬时，这样的景致依旧一年再一年持续着，野菊花也不厌其烦地见证着。

这样温暖的日子过了数年之后，不再受贫寒和饥饿折磨的农家人，解决了温饱，保守的骨子里，也会产生更高的愿望，他们想走出家门走向更广阔的大千世界。留下家里的老父老母，撇下还在嗷嗷待哺的婴孩，扔下仍在上学的孩童，离乡背井，走出了家门，走出了故乡的土地，流连于斑斓的城市，艰辛而被动地享受着都市的流光溢彩，让遗留在原野的土地，日见萧瑟地撂了荒，陡然间显出几分无奈和怅然。而那些遗留在家的孩童，随年份的增长，他们对外面的世界比父辈有着更多的憧憬和向往，这样，被世人称做"农民工"和"农民工二代"的故乡人，再也不愿回到野菊花开放的原野。

如今，山坡间、田地里，没有了壮汉和孩童的身影，那些精耕细作的土地上，多出了一些茂密的枯草。唯有野菊花依旧肆意地开放，它们对土地的依恋，总是永恒而永远。

桔子红了

又见桔子①红，是近日在乡下一农户院前。

第一眼看见，有些惊讶地叫了声：啊，柑②！略一怔，又目不斜视地往前走。也许是桔子不够红，可满树的桔子红得耀眼呢，远远瞥见就像是红红的小灯笼挂满树梢，煞是可爱。况且那红，纯正而晶亮，仿佛表皮上还抹着一层油蜡似的，怎么看都招人喜欢。

同行的人说，去摘几个来品尝？我赶忙止住。他狐疑地望着我，又抬眼看了看树。从他的表情，我看出他的犹豫。他看出我是真没兴趣，才怏怏将目光收回。或许，他在心里还认定我是一个很高尚的人。其实，我不想告诉他的是，我根本就没有去摘的冲动。

可满树的桔子挂在枝头，红澄澄的，鲜艳夺目，尤其在初冬时节，原野上的一切都在枯靡萎黄，陡然出现这样夺目的红，像是给冬季的寒

---

① 桔子：即橘子，故乡约定俗成称"桔子"。

② 柑，故乡把桔子称为"柑"。

冷和萧瑟注入一抹生气。第一眼乍见，我依旧很亢奋，瞬间的兴奋后，脑子里立即想起桔子的差强人意，故，才有了开始那惊诧一叫，随后的不理不睬。从根本原因来说，责任不在桔子的。

桔子是那么好的水果，也是有多种功效的中成药。润肺、止咳、化痰和止渴，它的全身都可入药，桔子皮还可以美容。《本草纲目》中说到桔皮时，是赞赏有余，溢美之词不断"同补药则补；同泻药则泻；同升药则升；同降药则降"。可见在古代，先祖对桔子的研究就已达到这样的高度。连人们废弃的桔核，也有散结、理气止痛的功效……

自然界中这样的稀罕宝贝，我怎么会不喜欢呢？

我对桔子，一直都是喜欢的。这种喜欢，从桔子青橙橙时就开始了。

儿时，我们院中四户人，有一户外姓人家，他家祖辈上有人给大地主家当花工，时常将大地主家花卉水果苗捎回来，栽种在我们院子的房前屋后，枸杞、无花果、樱桃、葡萄、香蕉、橙子和桔子等，但所有权都归邻居。等到采摘季，我们若想去摘，要么经得他家同意，要么只能趁他们家人午休和外出时去偷偷摘。

邻家有一位老奶奶，大人让我们叫"姑婆"。姑婆个子小小的，缠着小尖脚，走路一颤一颤的，她从来不上坡地干活，老是在家守着，很是让我们头痛和讨厌。她的目光像长在我们身上似的，总随着我们小孩子转，牢牢把我们盯住，害得我们总是想方设法寻找机会躲过她的目光，趁机对她家的水果下手。

她家种得最多的果树，是桔子树，有几十棵吧。桔子树种在院子侧厢房的后面，靠近竹林，后面是陡坡荒地，如果不熟悉的人，也不会知道这里。那是她家的自留地，地旁有一防空洞，虽说不大，容下十多人还是绰绰有余。我们与她的战场，就是这桔子林与防空洞之间的距离。

重庆的冬天，时常阴霾雾朦，本来竹林才是我们小孩子玩耍的好地方。可冬天时分，竹林里堆积的烂叶多了，湿漉漉的，而这防空洞却不一样，砂石上开凿，又有些沙化，也淋不进雨，就特别干燥。踩在地上，松松软软，理所当然成了我们聚会玩乐的场所。

这里也是我们藏身的地方，还把这里作为偷食桔子的战场。因别的水果树也就一两棵，大多栽种在院前，姑婆在家门口一眼就望得见，唯独这些桔子树，在她目光的阴面，她必须颤着小脚走半天才能绕着墙根走到院后面。往往，等她到桔子林下时，我们早已得手，又已经躲在防空洞里喜笑颜开地打闹。

我们偷食桔子，是从桔子花谢后一两个月就开始，看着桔子从拇指大，到鸡蛋大再到土豆大。整个偷食过程，桔子都是青澄澄的，从来没看到桔子红了鲜艳夺目的时候。因这之前，不是被我们摘完，就是在未成熟时被姑婆家采摘完。

偷食桔子的过程，也是我们被骂，被打，被追赶的过程。当桔子只有拇指大时，我们就因为好奇，小孩子的天性使然，偶尔去摘几颗，掰开看看揉搓几下，嗅嗅桔仔馥郁略带刺鼻的香气，然后随手一扔，等到姑婆颤着小脚追在我们身后，扯开嗓子大骂：砍脑壳的二娃子、三妹儿，那么大点的柑子，又吃不得，你们摘了可不可惜……我们压根不听，跑开，各自去玩。等到桔子长到鸡蛋大时，姑婆就时常到桔子林来，因为这时的桔子，已基本长成形，尽管口感酸涩，实在无法咽下，但我们依旧吃得欢快。尤其是周末我们不上学，姑婆就时时把我们盯住，等我们一出门，她便尾随而至，会与我们演绎成攻和守的战备状态。我们就会佯装着去后面那坡地割猪草，故意从她眼前消失。等到她一转身回家煮饭的工夫，我们又像约好似的，飞奔到桔子树下，迅速采摘几个，揣在裤篼里，没事似的，各自回家去。偶尔姑婆也有向大人告状的时候，此时，周围邻院，家家户户，只要有半大小孩，就会听到悲惨声一片。被打骂的孩子，摸着身上的伤痕，理所当然地，把这一笔血泪仇记在姑婆账上。

当姑婆通过坚守，终于迎来桔子收获时（其实也只称得上六七成熟），她就会提着篮子，挨家挨户地赠送，边从篮里掏桔子边说，今年柑子不多了，大家都尝几个……

后来，我到离家几十里地的中学去读书，姑婆家的桔子树也老了，因为一场白粉病，全部枯竭而死。第二年，姑婆也离开了人世，家人写信告诉这一消息后，我在寝室的被窝里，痛哭了一整夜。

两年后，我考上大学，毕业后生活在城里，每每面对琳琅满目的水果，我几乎不再选择桔子，总嫌弃它不够名贵不够洋气，与桔子树相见的机会，也几乎为零。

再见到桔子成串地挂在枝头，那么鲜艳。显然，我已错过它青橙酸涩的时节，无法知晓这个过程桔子经受了怎样的考验和艰辛，但从它们鲜红晶亮的荧光中，我看见故土上那些陪伴我们成长的亲人。

桔子，终究是红了。

千年龟的传说

小河，在水草的陪护下，蜿蜒曲折而行，缓缓流过村庄和人家，随后，小河的命运有了改变，她不再平和温婉。

潭是小河的延续，也是小河面容另一种形式的展现。潭有高低两个，位置高的那个，叫"高洞子"；位置低的那个，叫"矮洞子"。两个洞子，都是小河流到悬崖峭壁时飞奔而去，长久之后冲刷河床形成的凹陷水潭。

从高处来的水，在水潭存续一定时间，之后积淀出澄澈和幽蓝，再以流水的方式缓缓而去。经历一两百米远，又有一处悬崖峭壁拦住它们的脚步，水再次以飞流，以瀑布，以流动的链条快速直下。这段距离的高度有几十米那么高，河水不胆怯，争先恐后地，一前一后，水要经历两次生死的考验，经历两次舍生取义的英勇，经历两次"飞流直下三千尺，疑是银河落九天"的壮美。因水的英勇，成就出让人欣喜的风景。且不说，两处悬崖那瀑布的美，光是一路带来的嶙峋怪石、滩涂和两岸峡谷间的密林幽境，有了奇、险、怪、幽、雅、静，故乡人常常在这些美妙的景致中沉醉。

更让人着迷的，是故乡人口中津津乐道的一个东西——"怪物"。

怪物其实不怪，是大家都认识的"乌龟"。

乌龟很大、很老。据看见的人说，乌龟有笸箩那么大。村上有经验的老人说，这样大的乌龟，算起来，应该有上千年了。只要提及老乌龟，故乡人就像打了鸡血那样。一是想弄明白乌龟到底有没有这样大；二是民间传言乌龟是神兽，是吉祥之物，哪怕睄一眼，都会添福添寿。可乌龟却仿佛与人们躲着迷藏，很难让人发现。偶尔兴趣使然蹿出水面，也只游上两圈，翻个筋斗，又迫不及待地潜入水下，继续捉迷藏。

故乡的人，老见不着乌龟，就老想它现身，慢慢地生出许多闲话，闲话也慢慢演绎成传说，传说慢慢也就成了神话。

最先传出见过乌龟的是张三的爷爷，他是一个杀猪匠，经常背着杀猪的行头走村串户去杀猪。农村人杀猪，常常是半夜三更，猪杀完回家，天才蒙蒙亮还可照常出工。他家住高洞子上面，院子往前走不过百米，就是悬崖峭壁，张三爷爷眼见乌龟的概率理应就比较大。据他讲，他就是在天刚亮的时候见过乌龟浮出水面来的，理所当然，他成了我们村上最有福气的人。

于是，村上的人都去问张家爷爷看见乌龟的详情，最后张家爷爷被问到实在无法回答的时候，就说是端午节的早上看见的。端午节，成了全村人的吉祥节、希望节，都希望自己能有好运看见乌龟能浮出水面。甚至，有些贪图利益的小人，还在这一天，用上猎枪，架在最佳位置瞄准，时刻准备着乌龟的到来。可办法用尽，还是没有人再见过乌龟。不甘心的人，总是有办法的，他们在枯水期千方百计在高洞子的上游拦截了河水，硬生生堵了一条坝出来，用上大马力的抽水机，两天时间把高洞子的水抽了个半干，然后找潜水功夫好的人去到水底寻找乌龟的身影，可希望的泡沫，仍如大海捞针一样。

经过折腾后的高洞子，有过短暂的沧桑和萎靡，在拦坝拆除，流水继续飞来之后不久，高洞子的面容又恢复先前的溢满和清澈。一切又回归原点，通过大战的故乡人仿佛是累了，很久也没人提起过乌龟。却不想，在大家慢慢遗忘乌龟的时候，乌龟可在惦记着大伙呢，在矮洞子里，乌龟却奇迹般现身了，尤其是阴霾天气、久晴、久雨或者暴雨即将来临的时候，它几乎都要现一现身。它的出现，再次燃起人们想捕获它的欲望，猎枪、搬罾、刺网……凡乡村人手上可捕捞的工具，都派上用场，与乌龟进行着一场持久战。可获胜的总是乌龟，失败的都是人类。故乡人又说，乌龟是通灵性的，是天上神仙变成的，是神龟，人怎么能战胜神呐？气馁、不甘，让故乡人欲说还休，欲罢不能，一抓住机会，就又上演捕捞大战。可矮洞子依旧那样迎接悬崖峭壁飞来的流水，再积淀出清澈和纯净，再把水流缓缓地送别，压根不理会人们的无知和不可理喻。

这样的战争上演多年，尔后故乡开始了土地大包干，慢慢有了余粮的人们又有了余钱，修房造屋建楼房也建石头房，高洞子和矮洞子周围滩涂和峭壁上坚硬的岩石，恰好是故乡人天然的采石场。采石的号子吹响，各家各户都争先恐后地采石头、搬石头、运石头，没两年，滩涂被毁。石场高歌猛进，甚至外地的车辆也沿一路的坑洼土路开进采石场。好像约好似的，原本源源不断地来水，也突然间失去了联系，河道干裂，高洞子和矮洞子被采石场的飞石乱石慢慢填满堵塞，原本那"幽、雅、静、奇、险、怪"景，也随采石场的盛大场面消失得不见踪影，而神奇的老乌龟，再也没有现身。

故乡人又说，老乌龟钻地底，变成神仙了。

后来，再后来，高洞子和矮洞子一路的河床塌陷而干涸，石场杂乱而破败。故乡的老人用颤抖着的手，指着它们对后生像说书那样：原来，这里有高洞子和矮洞子两个大水潭，潭里的水清澈幽蓝，潭里有只老乌龟，应该有上千年……

洪水来时好捉鱼

农谚说：四月八，大水发。

言外之意，此季多是雨量倾泻之时，是水涝容易发生之季、捉鱼的好时节。此季，鱼儿跳跃，水足草美，原野呈现得水意盎然，更是孩童快乐的天堂。往往，十里八乡同龄之人，都喜欢顽皮地聚在一起，跑玩打跳，很快就会上演无数场惊心动魄的捕鱼盛宴。

如果遇发大水，我们无一例外都异常兴奋，因为我们早已锈迹斑斑的肠胃又将得到动物蛋白的补给。雨稍停歇，邀约伙伴，头戴斗笠，身披蓑衣，手提笆笼^①和捞篼子^②，来到河岸边。看着水流一股一股从周围山坡和田间地头向河里汇集，小河，承受不住来水的凶猛，膨胀爆满，只能以阵容强大流量惊人的洪水强行排泄，以每秒几米的速度奔涌，如飓风猛兽。那条河堤，瞬间就被洪水漫过，浑黄的水流夹带着泥沙和农作

---

① 笆笼，一种篾编装鱼的工具，长方体，口小，肚大，盖子成倒须形。
② 捞篼子，一种网织捕鱼工具，顶尖，口大，成三角形。

物的残枝败叶，在面前打个漩涡，声嘶力竭地呐喊一声，立刻拼杀而去，那阵仗，像奔赴没有下过战书的战场。

在震惊洪水骇人的场面后，方惊魂未定地找寻适合捕鱼的场地。往往不用太费劲，稳稳情绪，依以往的经验，稍做分析，就能准确地在合适的田缺、洪水的背阴处以及水草密集地带，找到下手的机会。下渔网，安捞篓子，用脚搅拌，用赶筒赶，将上水鱼和下水鱼，隐秘处歇息的鱼全部截住捕获。这样劳作工夫不大，收获总是让人欣喜和满足。

大水过后，水位逐渐恢复。没几日，不出意外，天总会放晴，又三三两两，扛着捞篓子，把裤管卷到大腿，脚跶一双黄胶鞋，背上背一装鱼的鱼笆笼，来到退水后的小河边。浑黄的洪水已无踪迹，水流平静，河流潺潺，大量泥沙和树枝都沉寂或者冲向水岸，周围显现出沙场征战后的落寞和凄凉。但河水却澄澈清亮，水草又浅浅地在水面晃荡，鱼虾们正躺在那些残败的水草之下，让眼尖的我们一眼便能望到。可，鱼儿们像是捉迷藏，一会儿水草，一会儿河底，一会儿又像挑逗般在水面跳跃，把我们的心掏得痒痒的。哥哥们等不得它们有打盹之时，来不及脱掉青布衫和黄胶鞋，健步如飞地往水里扎去，不一会儿，手里就有惊人的收获，我们就会满载而归。

被洪水侵袭的冬水田里，此间正是秧苗铆足劲分蘖之时。大量的洪水灌入，淹没了它们的身子，使其无法呼吸，半露半隐的秧苗叶片儿从水面伸出，摇摇晃晃的，正在生死线上抗争着。盼天盼地盼到洪水退后的故乡人，早按捺不住急切的心情，迫不及待地扛起锄头，奔向田间地头，挖田缺，培田埂，让田里多余水量赶紧排除。"哗啦啦"的流水声，引来上水鱼和下水鱼齐聚水流处，竞流、奔跑、嬉闹，烂漫天真地玩着水。岂不知，从天而降一个捞篓子，仿佛神力的牵引，慢慢地，鱼儿就"自觉自愿"地只进不出，我们则会享受到收获的成就和快乐。

每次捕获的鱼，多为鲫鱼。这种生命力极顽强的淡水鱼，食性杂，易生长，不管是植物或者浮游的动植物，甚至沉于地底的腐熟碎屑，都是它们摄取的食物。体型不大，却能在南北气候，酸碱水域里生存得极好，不论是深水或浅水，流水或静水，高温水（40℃）或低温水（低于0℃）均能生存，即使在 pH 值达到 9 的强碱性水域，盐度高达 4.5% 的咸水湖泊，也不能阻止它们自由自在地生长，快快乐乐地繁育，泱泱华夏，到处可窥见它们的身影。

这种一心求生存的鲫鱼，它们单纯快乐的样儿，就似我们这群小孩儿。

乡村雪

在巴渝，乡村雪落乡村时，很是优雅和纯粹，更显个性和风情。

夜间，黑挤压着黑，眼被黑幕蒙住。乡村静谧，人们早早入睡，分不清哪是村庄哪是田野，哪是路面哪是河流，乡村迷乱着雪花的眼，迷失着她们的脚步。但雪凭借深厚的功力，展开优美的舞姿，优雅地掀开美丽的"六出"裙衣，悠悠然地飘，坦坦荡荡地舞，舞出自我灿烂的飞花姿态，不张扬，不惊扰，稳稳地降落在原野。在村庄，以堆积之势，拥挤之态，铺满乡间的犄角旮旯，旋即将整个世界彻底包裹起来，如一袭白衣少女冰洁与纯美，然后静静地等待。

她们堆了一层再一层，堆积的尺度很高很厚，很有风姿，把山的形，路的宽，水的静，树的高，瓦的厚，沟的棱，坡的斜，田的清凌凌，村庄的曼妙静寂，呈现得宏伟盛大。北国风光的气韵，千里冰封的壮美，浑然天成。乡村除了线条和弧度，就是白，纯粹的白，不染纤尘和浮华的白，放眼一望，乡村处处是一幅幅瑰丽的美景。

原野茫茫，乡野世象被雪切分成不同形状。田里的冬水，清凌凌、水汪汪地映照着周围雪的姿态，高高低低，起起伏伏。那些错落有致的树，不管是乔木，灌木，枝丫都被雪缠绕着，紧紧地，密不透风地，仿佛在谈一场刻骨铭心的爱恋。

高大的乔木，枝干受地心引力的作用，在雪美人紧紧簇拥下，似塔形的华盖，默默地垂向大地，垂向生养它们的厚土，那虔诚和静默，似在接受一场洗礼，庄重，肃穆。这场盛大的祈祷之后，树的娇身，没了浮华的惊扰，没了尘土的纷争，以谦谦君子任我行的豪气，压过风啸，掩埋住尘埃，以干净而空灵的气度迎接乡村人们的检阅。

相比高大的乔木，低矮的灌木们来得更为实在更为直接一些。要么匍匐，要么低爬，要么昂首却手舞足蹈地踩着高跷，身心都贴近着地心，以"俯首甘为孺子牛"的献身精神，赴向大地，那份坦诚，如乡村人的豪爽与耿直。小院门前那株千年矮，扇形的枝干，细碎的叶片，密密扎扎，着实为雪搭建着密实的爱床。一朵，两朵，无数朵雪花用她们的热情倾情于此，以积压之势，覆盖之美。千年矮不再有常绿的姿态，似蘑菇顶固状物屹立着，优雅又风情，低首又不失风度，紧紧拥抱着雪美人，迎来她们积攒了25年的思念之情。

纯洁的爱来自冬水田，雪义无反顾地奔涌而致，但冬水田仍不改持重与谦逊的本性，不紧不慢，不舍不弃地悄悄把她们拥揽入怀。用其睿智与心性，慢慢与雪融为一体，以自我牺牲的大无畏精神，释放出清澄澄，蓝凌凌的纯净和优美，以无名英雄的气韵映衬出田埂的俏，山峦的美。

还有旷远的原野，绵绵延延，无形无貌，无边也无际，博大和静谧，"海纳百川，有容乃大"的空与远，展示出包容世间万物的胸怀。尽管高大的树冠，挺拔的竹枝，弱小的麦苗，青葱的菜蔬，远眺的山峦，在原野的胸怀里，都很渺小和微不足道，但在雪的陪衬下却更显妖娆和静寂，更显干净和透彻，有了深厚和高洁，一下有了咏叹：千里冰封，万里雪飘，望乡村四野，唯余莽莽……

原本，乡村景致淳朴自然，不雕不琢，这样的场景在乡村人心里，稀松平常。当雪来访时，哪怕是目不识丁的乡间老人，雪的素雅与干净，冰洁与妖娆，也会击碎他早已麻木而混沌的神经，对雪的喜爱，不亚于舞文弄墨的骚人，也会惊颤，也会以略带嘶哑的尖叫把家里大大小小急吼吼地叫醒起来。

一时，整个乡村，便有了"下雪了，下雪了，下——雪——了——"此起彼伏的呼叫。

乡村的宁静，被彻底打乱。

纯净的雪地，终于等来喧闹的人们。他们先是畏缩，再是试探，最后是抑制不住跃跃欲试的急切，都要投身到与雪亲近的行列，堆雪人、打雪仗、滚雪球……你追我赶，一幅雪景图自然天成。动与静的结合，演绎出天地人和的祥瑞，这是自然之图腾，也是万物之灵韵。

等在雪地释放完燃烧的热情，乡间人开始沉默，他们也开始陷入思索。脑海中，有冬水田的清凌，有山峦土质的滋润，更有雪融化后庄稼地里那些麦苗和菜蔬青翠翠地直立起来的张扬。乡间人也在等待，静等积雪融化，待原野重新崭露出厚重的乡土，他们扛起锄头，再次投入新一轮的农耕生活。

经过冬雪洗礼的原野飘着冰冷的寒风，乡村人却亢奋地念叨着"瑞雪兆丰年，瑞雪兆丰年呐"的谚语，沉稳而熟稔地安排着农事，任庄稼菜蔬在雪风里招展，任土地欢喜地吐故纳着新。

雪洗万物，更洗乡村人率真的心灵。

有了乡村雪的降临，乡村总呈现得空灵与祥和。

小桥·流水·人家

  原本，故乡是静美的，小桥、流水和布满庄稼的田块都让乡间自然又静谧。她地处西南，位于成渝经济带，有着便捷的交通，较为发达的物流，改革开放后工业发展势头勇猛。儿时，也常因为生在这样一个"热闹"之地而自豪。

  家坐落于一块有着几十亩地大的冬水田之上，院子不算大，只住着四户人家，从院头到院尾都有竹林，水田像月牙弯那样包围着。院后靠一斜坡，院前冬水田之下是小河，可算是依山靠水的。站立对面小山坡一望，整座院子就如坐在·手掌中。会看风水的先生说，我们是坐在"福盆"里。

  水田下小河，河岸也从上而下像把弯弓一样绕着水田的走向悠然地走。河水终年不断，清澄宜人。小河里的水草、游鱼，河底的河蚌，河螺还有那些被河水经年冲洗的石头，光溜溜地耀眼。河两岸的竹林成丛成丛地依河走向，成为河岸经久不衰的庇佑。

  小河，是一条不知名的小溪河，多少年来躺在这里。既无大江大河的奔腾汹涌，也无沧海桑田的宽广深厚，默默无闻、无怨无悔地经年流淌，似雨露，似甘霖、抚育着家乡人们……感受着小河的滋养，以至于多年后离开故乡，小河都依旧存于脑海深处。每每想起故乡，脑中自然闪现出茂密水草、潺潺流水、奇滩、怪石，还有河岸上有着高大挺拔的大黄葛树和那茂密的滋竹林。小河在竹林的庇护下摆出一幅巨大洗练的银带一路向前，一幅江南溪涧悠悠的美景，这样的景致总唤起人们美好的遐思与向往。于是有了依水而居像我们这样的人家。

有了小河的流经，就有了小桥的依存，水隔一方，桥连一脉，生活就有了起伏和变化。

在河岸较窄的地方，一石板桥横亘于小河之上，远远看去，小桥厚厚墩墩，结实无比，三根桥柱牢固地支撑着上面敦实厚重的桥板。小桥很平常，长不足十米，宽约两米，在广袤的农村，实属常见。小桥却透出质朴与古老，说它是石板桥，经过岁月的洗涤却变成一条石沟桥，桥面被历史的刀锋深深地剃去形成一道沟壑，向世人道出小桥厚重的历史与沧桑。尽管人们总抱怨桥面倾斜，走着不那么舒适坦然，但只有桥墩仍忠贞地、小心翼翼地守护着这古老而坚强的小桥，一如守护自己婴孩般的专注与刚强。

据老辈人讲，小桥相脉承的石板路，是著名的"宗大路"，它起自何方，我不知晓，可路向北再行六十里地是大足城，再向北行二十多里为"宝顶山大佛湾"，那是世界文化遗产所在地。大足及那的石刻因路增添诸多神秘，路因石刻蒙上多彩的外衣。便蹴就我们从小就爱听老辈们讲的传奇故事，思绪也总在古战马是如何彪悍与强壮，乾隆皇帝下江南又是何等的盛世空前，安史之乱中的工匠是如何逃往那偏远之地开凿石像，等等，如电影镜头在脑海闪现，让人痴迷和不解。不管老辈们讲的传奇是如何精彩，是否属实，至少这曾是古驿道，该是千真万确的。桥面的沟壑正是当年铁蹄踩踏下一道无法抹去的铁证。

庆幸的是，忠厚的小桥不孤单。小桥两头岸石叠加，石依水而生，依岸而立，两棵参天黄葛树紧紧拥抱着坚硬的石坡，才使小桥有了铁定的基石与依靠，经风遇雨接受着时间的考验，使小桥突显几分韵致与古朴。小桥一端的黄葛树下，建有小房一间，为明清时期青色砖瓦砌成，房内沿墙根建有马蹄形石凳，老辈人说那是专为路人休憩而建的。小桥、大树、小房子、大石坡、流水、农家院落组成一幅极具田园风光的乡间美景，人们以此为乐园，释放着心中的欢快与喜悦。

从上而下的流水经历一路的艰辛与洗涤，明澈而亮丽，清爽而甘甜，这是上天赐予的人间甘露。每到春夏，溪美人畅，看水里的鱼儿浅戏水草，观桥下流水峰回路转，看滋竹倒映河水的妩媚，逐柳絮飞舞的欢畅，都是农家人的快乐。农家的大人孩子，尽享这天赐的纯净与美好，寂静的乡间有了欢笑，有了期盼，有了一幅幅晨洗及晚霞落尘时的洗衣、淘菜、锄犁、浇灌、游泳、打闹的人间胜景。这样人欢溪畅、人勤春早的景致，总让世人羡慕与前往。在离小桥两里地的几幢高楼里的富家子弟再也不等闲，邀三约四，欣然地前来。伴随他们的还有那偏分头、喇叭裤、花衬衫、连衣裙、高跟鞋和带有几分挑逗的爱情歌曲，刺激并入侵乡间人的思想和神经，把带有几分羞涩的乡间妹子和小伙，那种欲近又惧的落寞与惆怅提到极致，时时燃起乡间夜晚的梦呓，装点着年轻人的梦想。

可这样的场景在记忆中并存的岁月短暂而苍凉。

时代变迁，小河有了名姓，曰沱江水系的小安溪河，并用代号BFXXX给予了标注，其流入的是滔滔的长江母亲河。代号给予了小河的姓名，却给予不了故乡人们的幸福，有名有姓的小河也生活得并不那么开心快乐。首先是河岸的人家将河滩上坚硬的石头开凿成条，纷纷搬自家院落，做着修房造屋的基料。农家人住上了新房，而大黄葛树却缺少了根基，不是被暴雨盘根拔起，就是孤单萎靡而去。再不久小河的上游有了工厂，耸立起了大烟囱，乡间有了诸多喧嚣，田园风景有了更多杂乱无章。清澈的溪水消逝，水草糜烂，鱼儿翻转着鱼肚，溪水散发着腥味。农家人失去了生存和发展的源泉，随后，两岸修葺的楼房人去楼空，仅留下年长者孤单地守护着它的辉煌与寂寥。

最终，小桥、流水，因人家而改变了模样。

第二辑　山水·悠哉

小河，她滋养着故乡的万物。儿时，却一直不知道水从哪里来，时常问大人，大人说：水是从西湖那边流过来的。原来，水也是会走路的，正如人可以走路一样。于是从西湖出发，沿水流的方向往外，那是一个美轮美奂的大千世界……

西湖的魅

夜的西湖，让人迷离。

按理，这湖也不叫西湖，源于对她的情怀，才冠以"西湖"的美誉。

曾几次到达杭州，也到了西湖，感叹于她那明媚的眸子和深邃的人文，文人墨客，从古至今地咏叹，更增加着她美艳的气质。

西湖之美，自古难言，而今，吾亦是。

小时，没出过远门，未到过杭州西湖，也不知西湖有多美。我对水最深刻的认识就是家门前那条小河，由于对水的喜爱，许多欢快与趣事就围绕着小河生长，每每看着潺潺悠悠的流水，就觉得家乡幸运有这水脉的滋养，才有了鱼米之乡的收成和快乐。但总有问题在心间盘桓：河水从哪里来？从西湖那边来！西湖又在哪里？山那边！西湖的水又是从哪里来？从巴岳山上流下来……如此，问题不断，畅想也不断，对西湖的向往也就悄悄地滋长。

直到有一天，到巴岳山下龙水湖畔走亲戚，站立院坝前，终于看见人生中所见最大水面，激动和兴奋，简直无法述怀，大人们告诉——这就是"西湖"。感受着西湖宏大水域的氤氲，秀丽、清新和不施粉黛的淡雅迎面扑来，自豪之情荡漾着，就觉得家乡的这一汪碧水，是天下最美的山水了，自然而然喜爱得不行。由此，根深蒂固置于脑海的西湖，就是这巴岳山下的龙水湖了。

而今，时代变迁，湖在沉淀，我也在成长，眼界宽了，见识多了。无论九寨的仙境，还是冰山雪莲的清透，天南地北，苍茫抑或辽阔，隽秀还是温婉，饱览尽了祖国山河的景象。但我对这湖的依恋却愈加强烈，有种深入骨髓之感，时不时地，总想亲近到她的身边，感受她肢体间散发的清新和幽香。当然，对夜晚的魅惑，也有了透彻之感。

到夏天，一家人吃完晚饭，我、丈夫抑或是儿子，都会主动提及西湖散步的想法，每每这时，夫就会乐颠颠地启动车子，载着我和儿子，一家人兴致勃勃地来到湖边。看着夜西湖的宁静，还有偶尔送入眼帘的透彻与神秘，这时才深切地感受出她除了清秀端庄质朴以外，又多了深厚和坚韧的品质，尤其是那种幽静中透出的温情。

西湖的夜很静。这种静，从天际肆意泼洒着墨汁之后就开始，湖周围的花草树木也如夜的来临，瞬息沉入夜的帷幕，安宁得不行，静也在全身漫溯。此时，夫总说：好安宁的画面，如果我来描摹西湖，便是写这里的夜了。可如此温馨的感觉，想说却总是无从下笔，我也几次想提笔写写这里的夜，却总是以激情开始，败兴落笔，根本描绘不出她的美好来。通常，趁夜来到她的身边，一家三口，偶尔谈起天南地北的闲话，或者说些家里的趣事和畅想，也不去理会夜的宁静，但这样的感觉却一直跟随，在心间萦绕。我想我们此时都在静静地感知这样的幸福，感谢着夜西湖的美好。走着、走着，话语也渐渐稀少，最后压根没有声息，却步调一致，默默向前，哪里像平时个个口若悬河的良好状态，似乎都想把身心和思绪付诸这里。

的确，这静，清透了人的骨质，褪去人心的浮华，给人幸福和安宁。

沿着游船码头，桃花林、鹊桥、野塘清荷，围着湖边转上一个圈……最后我们都无一例外地喜欢站在鹊桥之上。这里是处于湖区的最高据点，有如黄金分割点，在这里看周围任一处景色都是一幅水墨山水。脚下的湖水总朦胧着诗画意境，宽阔且深邃，一些似有似无的景象都沉入这片湖水之中。岸边层次分明的矮层建筑，彰显着各自个性点缀于天地之间，与朦胧夜色融入一体，那么融洽与一致。湖中小岛、渔船、岸边柳，依稀可辨；湖畔农家，时隐时现地冒出一股炊烟，瞬间被微风稀散和树木遮挡……看着，嘴角划过一丝笑意，心却在描摹：如果恰好有个牧童，缓缓从远处走来，懒散地驱赶着一头耕牛往家的方向游走，一定是更加返璞和归真；如果刚好有艨艟板船慢慢悠悠地荡于湖上，船上站一渔人，头戴毡帽，手抓渔网正在捕鱼，那么"牧童晚归"和"渔人晚捕"那种惬意会霎时浓烈在心间。

　　可终究没见到脑海畅想的画面，倒是目光向上眺起，触及巴岳山上，她像极了一位得体的睡美人，幽深静远，迷蒙又清晰的胴体让人意念不断，婀娜的身姿，淡定又清秀，安然而静脉。看着巴岳山的静美，莫名地想起传说中夜英凡的境遇，如果不是他一时失误把本该南北走向的山脉凝固成东西走向，何来如今的巴岳山脉。真有些感谢他当初的失误呢，不然这东西横向的山脉，何以为今天的西湖充当着天然屏障，何以提供出饱满的汁液？俗语说得好嘛，山高水长，所以才有源源不断的水注入西湖，清澈和纯粹。

　　此时，脑海中闪现一个念头，家乡的西湖与杭州西湖的美艳作比，她就是一位生长在乡野，不施粉黛的村姑，真诚不娇柔，总让人忍俊不禁地想亲近。正在这样想着，眼前不远处，飘然荡出一只小木船，在水天一色倩影映衬下，水面溅起团团雾霭，暧昧又果断，许是那躲在水下亲吻的鸳鸯被惊扰，仓皇出逃所致，不知不觉"船行烟波上，人在画中游"的感慨悄然升起。此时，站立鹊桥之上会瞬时感觉之前的"静"摇身一变，有了典雅与清秀，自然又野趣的风采，更有万物与我合一的曼妙与轻快，眼前的湖就是一幅水墨山水的祥瑞图。

这样的祥瑞，慢慢将人包围和融化，释放出幸福与祥和的光芒，人便醉入其间不可自拔。

盛夏，木格措的静

静。很静。

这样的感觉从感官传达到神经。

于是当环保巴士喘着粗气翻越而至，木格措幽雅秀丽的面容呈现眼前。

这里，尽管有 3700 米的高海拔，但山高，空气稀薄，令人缺氧的窘困荡然无存，没有苍凉与肃杀，也没有植被稀少的憋闷。山间处处映衬着茂密深厚的森林屏障，嫩嫩柔柔、千姿百态的花和草肆意绽放，水意浓郁地流淌，氤氲在被绿翠拥抱的高山湖泊四围，夹带着树木花草特有的淡淡芳香，轻拂面颊，舒适，浸透。浓郁的藏民俗风情缥缈在柔滑的水韵气息之中，清凉，静谧，圣洁，瞬间消融掉山外带来的燥热暑气，让人无可名状地有了安宁。

深蓝深蓝的湖水，稳稳帖帖，如一块厚实的宝石镶嵌在群山之间，晶透宜人——木格措，俗世中的"野人海"，便是我们向往的了。

哦，温润的蓝，圣洁净美的蓝，明澈、灵动，就这样走进思想，走进人的灵魂深处。

一会儿，风轻轻拂过，水纹牵连而起。许是风轻的缘故，这一刻，湖面，仅仅掠起微颤的波痕，毫无边际地招人的眼球，慢慢地滑向远处，高处。最后，终也不忍离弃地调转，目光投向湖中，依旧是连绵不断的波痕，依然是幽深静脉的蓝，在灿烂的阳光照耀下，跳动出粼粼的珠光。突然，有了惊喜的发现，面前，无疑就是无数金丝相嵌而成的巨型藏毯，莫名竟有了在这张毯上劲舞的冲动。

想飞，也想跃，直扑向那海子中的厚实之处。思绪活跃之时，联想也丰富起来。

无端地，想起"野人海"的由来，内心有些好奇，也感喟当中的神秘。遥远的传说不知从哪儿起，原本那英俊彪悍、能骑善射的藏族小伙扎西和如花似玉、温柔善良的卓玛姑娘是怎样的无畏权贵，怎样历经艰险，怎样翻过一山又一山，跨过一弯又一弯，淌过一河又一河，逃至这幽深纯美与世隔绝的跑马山？森林、花草、蓝天、白云、海子，让梦境在眼前铺展，是现实，抑或梦幻？"信"与"不信"都不重要，重要的是彼此心灵相通都那么坚定地喜欢。静寂、蓝色、纯净，将他们的脚步留下；博大、高远，与天相接的深厚迷失他们的眼，爱从此挣脱掉头人的束缚，无所顾忌地在山间结了缘。"日出而猎，日落而息"是扎西追求生活之源；"护家、育儿、爱女、拥有"是卓玛今生之祈盼，幸福生活从此在深山丛林中延续开。天长日久，日月辗转，俊男俏女被山的气息消磨掉芳容和俊朗，穿树皮披兽衣，围猎的生活，粗淡的日子，于是某一日，当外界人知晓之时——"野人"？！再加有这幽蓝的湖水相伴，又参天古木，鸟鸣不断，游鱼浅弋，草甸茵茵，山花繁开，与世无争，桃源仙境，湖就被命名成"野人海"。

是静，留住了扎西和卓玛逃逸的脚步，阻隔断头人追逐的邪念；是净，抚养着扎西与卓玛大山之子的情怀；是蓝，让他们彼此拥有了明天。

跑马山，孕育着扎西和卓玛；野人海，见证着他们的爱；跑马山上溜溜的蓝天白云哟传唱着他们纯真的爱恋，有"好事"之人，便冠之"中国的爱情海"。

既然是爱情海，水，就是彼此相连的纽带。静，是浪漫，温情给予的情怀。

阳光、沙滩、草甸，与海相伴，不期而至地相约旁观。

时值正午，阳光毫无遮挡地洒下。白云飘荡，天高云淡，眼前跳动着太阳的晶莹亮光，紫外线超负荷地播撒。四下是一片广阔无垠的晴朗，几分热浪聚拢而来，有了微薄的燥、热之感，但，目光触及前方一大片湛蓝幽深的湖面之时，水镜般的清澈让心立刻有了宁静。放眼，四周裹挟着浓翠碧绿的树林，如毡如毯的茵茵草场，还有轻轻飞扬的苇丛，摇曳着橙黄粉红的色谱，带着微微游离的湿气默默地散发，缓缓地、悠然地漫过人的眼帘，也漫过了平坦抑或突兀的山冈，又是那样不可名状的湛蓝。此刻，蓝从眼前，从深处，从湖面，从与天相接的高处，浓浓地将人包围。

很怀疑，是女娲将蓝天白云驱逐而来，还是将幽蓝的天际沉降于海？让水那么清澈与秀丽。蓝，又蓝得那么深；绿，又绿得那么显脂气与嫩滑；翠，又觉出当中的幽蓝。据查，这静静的海水，来自远处的女娲雪山。我不知道当年女娲娘娘造好了人类，巡游天界之后，为何会将其精气与心血沉积于贡嘎山脉某一峰间，雪水，是娘娘的精血，一路的输送与注入，经黄金沙滩的过滤与选择，纯净无瑕，再生生不息地倾入与更换，海子的水，才永远那么精湛与深蓝。终让一个横卧高山之巅的湖泊，在盛夏炽热阳光映射下，静，便显得更加突出和纯美。

沙滩，有了阳光的直射，静默，橙黄；泛着激情的星光，细细密密、疏疏浅浅。水波逐流后，忽高忽矮，斑痕迹迹，脚一踏上，松松软软、缠缠绵绵，有如女子柔滑的肌肤，女娲峰上的雪水，经此漫流而来。"黄金海岸"，一个有着与大海媲美的名字，承载着海子清纯与静美的重任，一路的污渍，滩，用绵柔的怀抱，拥抱而至，只留下不染纤尘的净水欢畅而去。休憩的人们，来到这里，追逐嬉戏，释放出动感的情怀。于是沙滩忍受着被践踏的屈辱，阻挡着海水被抚被辱的尊贵，以一种大爱无私的宽慰，表达出孪生兄妹的赤诚之情，不离不弃、相依相伴又相随的品性，何尝不是人世间情与爱的彰显。

坐过了游艇，茵茵的草甸飘然而至。柔软、温润、敦厚、斑斓、茂密的草丛间，各种生命依附而生。于是草甸腐熟的有机质，是供养生命新的起点。昆虫、菌类，以及别的惺惺相惜的各类草本植物，纷繁杂陈，或高或矮、或粗或细，不分属种，花的世界，草的王国，康定城里的康巴汉子和溜溜的姑娘时隐时现，这是自然界的仙境，游人欢悦的天堂。人与自然彼此融和，和睦相处，构造成一个和美的世界。

欣赏够草甸的壮美和辽阔，小憩于草间，眺望着海岸边上汉白玉镶嵌的莲花大师和释迦牟尼圣像，心，超然地宁静，不觉然地想要悟悟禅理和佛的境界。看看周围相拥的树，盛开的花，试试将心事向远处的雪山述说，将愁绪付诸蓝天，将恩怨情仇抛之深蓝的海，深深地亲吻着这里美好的一切，深切地觉出木格措真的很好——她是能仁、能儒、能忍、能善、能寂的大美之地。

于是醉卧花海，让蔚蓝的水，平抚浮躁的心，掬一朵白云在手，与蓝天来次不期然的邂逅，让静从全身上下浸透，再敞开心扉，彻底地与木格措交膝谈着心。

这样的静，很适合谈一场恋爱。

东川看日出

　　四月，清明节，一行 25 人，带着自驾游的欢快，风尘仆仆从家中出发。经过一天的奔波，到达云南东川红土地之上。

　　入住山上农家院落，夜也沉得更加深沉和静寂，没有吵人的汽车声响，没有喧嚣的叫卖。山间气候，把空气滋养得清新美好。高含量的负氧离子，融合在深山峡谷和树木花草的气息里，随呼吸的匀称，不管睡或不睡，农家院落里的公鸡均充当着精妙的计时器，它们为远方的客人虔诚地起着报时器作用。那种殷勤和质朴，如这里生活的人们，一遍、两遍、三遍，直到非把人们叫醒不可。

　　天刚露出鱼肚白，六时已到，随着领队的一声"走喽！"响起，从一至三层楼房不同的房间传出急促的脚步声。此时此点，山间各个角落，不同的院落或是宾馆，林阴小道，树木花草丛里，均传出急促而坚定的声响，且目标和方向都奔向一个地方——打马坎。

　　依稀的人影，在半山腰晃动，长枪短炮，夹杂着人们低沉的说话声，与强势的山风，一起在山间随意地流淌。

气温还很低，山间气候就是如此，本是"人间四月芳菲尽"的时节，却如冬的寒冷。待光线明朗时，看着各自穿得花里胡哨的游人，才知自然总是捉弄人类的高手。不然，同样的季节，同样的气候，人们穿得是那么地不同和精彩，羽绒服、短袖衫、单薄的裙子、精当的休闲服。甚至一改平日里穿着打扮的章法，像此地的红土地那样，异彩纷呈，短裙套长裙，裙子套滑雪衫，千奇百怪。不管哪种打扮，此时在人们的眼里和心中都不重要，只能你看看我，我看看你，心照不宣地浅笑，任时光在指尖溜走，一切都在静候太阳升起那一刻。

半小时后，大地的最东边，一团火烧云在慢慢升腾，引领着天际那一片云彩瞬间绯红而热烈，许是光线反射的缘由，明明是白云，此时却似乌云一般，一层一层地拥挤着那片云霞，似有把其分裂和撕烂，创造出层次的递进和色彩的分级。天空是如此广阔，大地又是如此静默，伫立在半山腰上的各种肤色的人们，早已守候着自己架设的枪械，不失时机地抢抓着瞬间。待气息稍平匀，娇艳的朝阳，已从东边群山背后跳了出来，万缕霞光四溢，和山谷中缓缓升腾的晨霭交融，变幻着五光十色的光环，碰撞到脚下谷底的红土上，创造出万般风情的暧昧来。不一会，这团朝阳似一个宏大的火球，从峰顶处，直向云层钻去，那种穿云驾雾的本领，轻车熟路，稍不留神，又是一团火球，带着万道霞光，把大地映得光明万千。

这时，回转目光，看着身边乃至身后左右人们，脸膛通亮，天空一碧如洗，灿烂的阳光正从密密的树叶缝隙钻出来，形成一束束粗粗细细的光柱，把飘荡着轻纱般薄雾的林阴照得通亮。

最令人激动时刻刚过，人们还沉浸于热烈而奔放的兴奋中，朝气蓬勃，意气风发，便是人们现在的心灵写照。可是世代生活在这里的东川人，看着无数个太阳升起的时日，习惯了这样美好而平常的天日，他们披星戴月地劳作，伴着太阳描绘着自己的蓝图，在这片红土上精心培育耕种着自己的希望，与大地赛跑，与太阳赛跑，那又将是一种什么样的心境呢？不管如何，如今天来到打马坎看日出的所有人们，他们一定有着灿烂的情怀和奉献的精神，不然，这里怎会有霞光四射的景象等着你我来采撷呢？

竹海闲坐

一家人吃过晚饭，就静静地坐于一隅，闲适、安然地摆起属于自家的龙门阵。天南地北，爽朗朗地笑，无拘无束，人在这样的环境，抛开生活，抛开世俗，成为一个透明的人儿，赤裸裸地与自然交流，与天地畅谈。

待说话的声音渐小，阶沿下小溪"哗啦、哗啦"的流水声才顺风飘来。声音不大也不算小，这是山涧的溪流，是蜀南之地满山遍野的竹子流出的汁液汇聚而成的一股血脉，不缓不急，自顾自地往下流去，潺潺悠悠地滋养着每一寸土地。间或听见溪水撞击河里的石块传出"啦啦、哗啦"声息，仿佛人体血液搏击心房的回流声。还有就是风滑过竹梢"呼啦、呼啦"的飘拂声，借着这样的风力，我想此时竹子肯定在努力地拔着节。否则，何以这般大的阵势，一浪高过一浪，一拔高过一拔，生生翠翠，一下子吸引着世人的目光，震荡着人们的心房呢？

绿和翠是这里奢侈的着色，尤其是雨后的青翠，真诚而欲滴，更加迷人和深透，漫山遍野，一碧万顷，简直就是绿色的海洋。哦，原来，我们身处竹的世界，不是又一阵风拂过竹梢发出的呼啦声提醒，真有些忘乎所以。

空气凝滞，盘旋，轻柔地拂过我们小憩的露天坝子，香也伴随而停滞，而依附，而后钻入体内，达五脏六腑。清淡淡，润浸浸，如草的清新，似水的氤氲，我明白，这是竹叶青的味，也是竹海的味。闭目深吸一口，呼入的是空气，更是竹的韵味。流进心房，有些神清气爽，消融掉饭后倦怠和白天游带来的疲乏之苦，思绪也随之飘浮而遐思起来：眼前是一片汪洋，一碧如透，一叶小舟，悠悠荡荡地航行于阵阵海风中，风湿淋淋地吹着，香湿漉漉地回旋着，温馨且惬意，人酣畅淋漓地沐浴着、快乐着，滚滚红尘的烦忧被洗涤、被融化着……

素以幽、雅、静、妙、绝著称的蜀南竹海，我们就掉入这绝妙境地，贪婪、奢侈地汲取着她的灵气与芳华。伴随香气的侵入，人也越来越轻松闲适，心也更加地爽朗与明媚，仿佛三月的春风游荡，又一阵竹风从山涧吹来，将思绪和神志一并带进竹的世界。

7万亩，58个品种，不管是慈竹、楠竹、毛竹、苦竹、水竹，还是娇贵的稀有品种紫竹、罗汉竹、人面竹、鸳鸯竹……带着58颗朴实无华的心灵，像58个刚强、挺拔的卫士，在这里汇聚成一股不染铅华，努力向上，默默奉献的精神。似屏障，在川南这一隅，将长宁县和江安县交界处封闭得密不透隙，用血浓于水的生命力量，演化成清新和素雅，把外界燥热和浮华阻隔得决然和纯粹，才让我们享受着这天然氧吧的沐浴和滋养。

人们常说：文人墨客，尤以爱竹。也许竹也深谙人的秉性，有些投其所好地在巴蜀肆意生息繁衍。而蜀南，温润潮湿的物候特性，更是竹依恋的故乡，于是巴蜀大地，川之南边，竹子铺天盖地生长起来，自导自演着一场人世间的精彩华章。

东坡先生曾说："宁可食无肉，不可居无竹。"当初，对该句不明其深意，甚至想，老先生是不是因了文人的儒雅故弄玄虚才这般说。此时，当我们吹着竹风，想象着竹拔节，聆听竹海的涛声，目睹着竹液汇聚的血脉潺潺地流进各个山峦，各个农家，各处胜迹之时，才深知，竹给予人类的是甘甜的汁液，生命的芳华。回想起白日里在各个景点看到的竹筒饭、竹叶粑、竹罍子、竹席子等等各类竹工艺品，手编的、刀刻的、彩绘的。从人物到花鸟虫鱼、飞禽走兽，大到竹屋，小到把玩的物件，应有尽有，竹子都能恰到好处地胜任。惊叹竹的用途已深入到人类的衣食住行，不管用作啥，都能恰如其分地演绎出神形相得益彰的韵味。竹乡人对竹的喜爱与依恋，让我深深明白：人与竹，天生的交集与融合，竹的品性，是文人雅士终生追崇的境地，也是人类不可缺少的内质。而"不可居无竹"简单朴实的一句，就道尽了竹为人类提供着精神与心灵的慰藉，这恰是人们所急需和不可缺失的品质。

"竹是一首无字的诗，竹是一曲奇妙的歌"不知是谁如是说。放目长宁、江安之地，竹子精神在巴蜀之南光辉书写，其有漫延整个华夏之势。

又一阵风拂过，香气比晚饭前更加醇厚和馥郁，竹海气息在全身漫溯，夜的味越来越浓，周围也静谧得更加祥和。安静之时，也是思想困顿之时，很快，镜像也有些渐行渐远、如梦如幻。

依稀中，我成了蜀南之中一棵竹。

周庄，五千年的文明史，九百年的繁荣史，是水写成的。

——题记

水韵周庄

水蹴就了周庄。否则，就遗失水乡的称谓了。

未到周庄之前，合着古今中外名家名作的意趣情韵，努力想象着她的容貌。尤其是看了画家吴冠中先生题写的"周庄集中国水乡之美"后，更有到周庄一睹芳容的强烈愿望。直至到了跟前，猛然发现周庄比先前脑海中肆意描绘的还要美。

古语说：水兴民，兴城，兴邦。周庄正是因水而兴的，可见，水在周庄的功劳与恣意流淌。

不知从哪天起，水源富足的澄湖、白蚬江、淀山湖和南湖受地球引力作用，毫不迟疑地将自己的水溢向四处，于是有了水脉的延伸与扩展，就有了南北市河、后港河、油车漾河、中市河的缓缓流淌。几个旧友不知是依恋还是重情，就那么悠悠然地流，又悠悠然地环绕再悠悠然地纵横交错，直至在周庄这一地理位置上握手拽拳成"井"字形水道，互为一体，你中有我，我中有你，恋得难分难舍。尔后有了依水而居的人家，有了依水而筑的街巷，有了依街而兴的市镇，有了生存于九百多年古朴、明静的"小桥，流水，人家"。

因了这，周庄就有了"江南第一水乡"的美誉。

水无疑是周庄的灵魂所在。水让周庄灵秀又典雅、清纯且幽静，让周庄的灰、白建筑露出生机来。周庄四围顺着流水痕迹雕琢的河道，便蜿蜒、伸展、分列、散布开去，伴随它的源远悠长，美也尤自花开般地被世人认知、熟识并热爱起来。

基于水的温情，水将周庄亲密地环绕拥揽，使其成为"镇为泽国，四面环水"，"咫尺往来，皆须舟楫"的格局。

有水就定便有桥，水隔一方，桥连一脉。

周庄人的生活因桥的筑建而兴盛而丰盈。

在"井"字形水道上，完好无损地保存着元、明、清不同年代建造的石梁桥和石拱桥 14 座。它们都牵牵绊绊地立于小河之上、街巷之间。

桥，把河道拨开的两岸人家连接起来，如挂在腰间的环扣与纽带，点缀着周庄"小桥、流水、人家"的韵致。或古朴，或典雅，或石梁，或石拱，如一弘弘彩虹，飞架于河道，也如一把把久经沧桑的铁锁，锁住两岸人家。有了桥就有了路，有了路就有了经络，因路成市，因市而盛，桥也如一位乡间艺人演绎出多姿多彩无穷的魅力。

走进周庄，最抢眼是一湾湾绿水，一座座石桥，一幢幢宅院，好似三维动画装点着这里的水乡情韵。

站立双桥，陈逸飞《故乡的回忆》就在眼前，画家的游子情怀此时已演化成你的思绪，这是令人魂牵梦萦的地方，是令人滋长情怀的场地。此时，你便是那游子，而眼前便是生你养你牵挂你的故土亲娘；而你则是那画中人桥上景！

人在画中坐，情在心间生。

看前后河道清冽的河水平静地流淌，看河岸游人炽烈往来以及悠然喝茶人的闲适安然，任河风吹拂、河水悠悠，任柳叶媚眼、柳枝招展，任小船游荡、绿影婆娑，这些均不管，可质朴、清悠之情已荡漾心间。这是宁静的故土，这是恬淡的心境，这是喧嚣闹世人们热烈追逐的童话世界。但这些又仿若隔世，而此时自己又不得不完完全全退回到那个素朴本真的年代，直叹：桃源仙景何处觅，此情此景在眼前。

难怪自古流传"吴树依依吴水流，吴中舟辑好夷游"。

宁谧的周庄，"往来皆舟楫"。水阻隔着尘世的喧闹，将浮华清脆且干净，唯露出眼底的灰瓦白房、河道汉巷，突显一直的素朴与清纯。

不知不觉，跳上一只乌篷船，摆渡于河道之间。观两岸风景，感受往来船只的繁荣。船橹悠悠，船娘的歌谣随风飘散，带着浓烈江南曲调的唱音和着花布衫，将乡野和自然挑逗起来，这里就是一个返璞归真的世界。从一户户庄户人家的门前码头穿行过，观沈厅的富丽堂皇，看间或从哪家房檐下、窗棂间伸出一根晾衣竿，尤自横亘于小河之上，再勾搭在另一间房屋的瓦檐，穿挂着五颜六色的衣衫，这才是水乡纯真的风情呢。再向前，出人意料地横摆着一条细长的小河，跨步向前、驳岸围拥、绿树掩映，垂柳依依地轻拂脸庞，再梭子似穿屋而过，一下就有"轿从前门进，船从家中过"的曼妙。

这时，你会情不自禁地想起书云："坐着乌篷船，摇一柄蒲扇，在水声里闲坐。看水天一色，看临水人家，看小巷里丁香似的江南女子撑着油纸伞，走近，又走远。"这便是水乡的绰约风情哩！

从这里可达爱情天梯

这是一条从侏罗纪走来的沟壑，她悠然地从山顶向山脚迈步，穿过山石，跨过丛林，完胜所有阻挠的事物，一直走到山下的河谷。

这个过程漫长又辛苦，所到之处，古树密拥，藤络缠绵，各种生物攀缘生长，野生动物大肆出没，外界之人，认为是阴森恐怖的"禁忌之处"。尽管这里人迹罕至，但她却有一个"半坡头"的名字。山涧清泉，穿壑而过，时而漫过五六千万年前形成的丹霞石谷，时而绕行面前挺拔的桫椤。

当这样的桫椤不只一棵、两棵，而是成片成丛成林之时，方明白峡谷口岸那几个朱红大字"桫椤沟"所蕴含的意义有多深远。

与恐龙时期同在，直而坚硬的树干，心无旁骛地向上生长，直到合适的高度，够壮、够粗、够挺拔时，才顶着圆盘状的树冠开枝散叶，给人特别有型的树中佼者之感。

这是树中之王，她有"植物活化石"之称号。从侏罗纪至今，大多数被子植物绝迹，连统治着世界的恐龙也灭绝，可她却生存了下来，活了千千万万个世纪。她们与人类相邻，和山野相亲，和一切恶劣多变的环境气候相友好，最终成了自然选择的胜利者，之后便有了生命的生生不息，永恒永远。

如此，若要给桫椤置一象征定语，定是坚韧和永恒了！

也许，正是这份永恒，赋予着生命的内涵。同样在 60 年前，一个年方二十，本该血性方刚，勃勃生发的青年，未来的道路，笃定是宽广和美好。可他却不管不顾，有自甘堕落、自毁前程和颓废之态，携大他 10 岁且育有 4 个孩子的寡妇，在指责、辱骂声中逃离了人类社会，自此封闭，以坚定不移的决心走向山里，披荆斩棘地沿水的尽头攀援。攀援，这个过程，是勇敢者的行径，是坚定者的目标，尽管前方路途荆棘丛生，困难重重，他却在桫椤树的陪护下，毅然决然，一点一点，一步一步，向上，再向上，爬向那 1600 米的高度。躲过红尘的烟雨，躲过世俗的眼界和鄙夷的目光，与闲云野鹤为伍，与青山绿水为伴，与朝霞和晚暮为邻，与桫椤这样的植物活化石相携相依，开辟与世隔绝的生活。

归于零的生计至此在深山丛林中落地生根，无衣无食，无亲无友，无依无靠，眼里除了大山，就是望不到尽头的森林，未来的路，该向哪里？但当一声"小伙子"的呼叫柔媚地传来，他便丢却疲乏，忘记忧愁，浑身有了力量源头。哪怕是咽野菜，住崖洞，眼前也是温馨幸福的甘甜生活，于是，喜滋滋一脸笑靥过后，立马回应："哎，老妈子。"

甜甜的"老妈子"一出口，那个年已三十，拖着 4 个幼童的寡妇，在这个 20 岁韶华青年的眼里，就成了一个美丽娇羞的新嫁娘。

仿眼中，一顶花轿，两根粗壮的抬杆，四个精壮的男人，抬着它从邻村的乡间小路被簇拥而来。披红挂绿，鼓乐齐鸣，唢呐声起。轿中女子，年方十六，芳华尽显，娇颜微露，一张红头巾，掩映出女子的百媚丛生，直达乡村人的心坎。赞美声、羡羡声、忌妒心，都在花轿周围氤氲涌现。源于民俗的讲究，其间一童子，时已六庚，雏牙已脱，恒牙未显，于长辈的怂恿和推波助澜之下，扭扭捏捏来到花轿前。一只葱嫩的纤手，穿进轿门的红萝和经幔蜻蜓点水般地抚在童子洞开的牙床，仿佛电流穿越童子敏锐的神经，从此，永久的恒牙似要萌生，那朦胧不清，幸福美好的火种也在勃发。

志忑、纠结、关注、偷窥、施助……童子在这样的期盼和与心魔斗争中度过了14载，新嫁娘也由一位相夫教子的贤惠媳妇变成了4个年幼孩子的母亲，然后又变成了一位无依无靠的俏寡妇。

6岁时的情愫终于在等待了14年之久的某一天爆发，至此，不管不顾地抛下世俗，抛下父母，抛下生养自己的土地，牵起寡妇的手，携着她4个年幼的儿女，逃难似的消失在村人的眼中。

30岁的年轻寡妇，20岁的青春小伙，4个年幼的孩子，成就出一家人。而在离那个村寨几十里远的原始森林中，开启刀耕火种、远离人间烟火的"野人"生活。

一家人的生计，俊朗的小伙用肩挑起，除此，小伙子还雄心勃勃地干着一件大事。从桫椤沟的底部，沿山尖森林的去处，在近乎陡直的悬崖峭壁上，小伙用蚂蚁啃骨的精神，一点一点，一锤一锤，点洞凿石，铺展出一条羊肠小路，6000梯，1600米，硬是从1956年修造到2007年，半个世纪的时光，小伙子心中那个信念一直在燃烧：有朝一日，能让俏寡妇踩着他亲手修建的梯子，一步一步地走回村庄，回归人世间……

2万个日日夜夜，俊朗的小伙已成白发苍苍的老者，俏寡妇也已皱褶爬满了娇颜，所有的苦和累，都敌不过爱情的滋润。"小伙"的坚韧，有着桫椤树那样的永恒。

今天，当外界诗情画意地把这6000步石阶，叫作"爱情天梯"，把他们之间这种不离不弃的相守，冠之中国十大爱情故事，刹那间，其美好和浪漫氤氲在世人心间。但当你如果想去爬那6000步石阶，一定要手脚并用胆战心惊地耗费老半天。

因为爱情，也因为责任。因为爱情，就会产生奇迹。也正如歌者所言：因为爱情，所以一切都是幸福的模样；因为爱情，简单地生长，依然随时可以为你疯狂；因为爱情怎么会有沧桑，所以我们还是年轻的模样……

秀湖之水

水，占据地球半壁江山还要多的娇子，那四分之三的储量，使其骄奢淫逸，张扬跋扈，要么温润，要么磅礴，要么细密，要么倾泻，要么洪涝，要么张扬……惩治与滋养，全因水的我行我素。

自古，人类追逐水的梦想，从未停息。依山傍水，临水而居。古人也说：水兴民，兴城，兴邦，后来有了"华夏泱泱"。可见，水与人类，与文明，与发展，与衣食住行，密不可分。

这种关系，谁也不能轻易打破，否则，就会有波澜。故此，人们对水的依赖和敬仰，可谓顶礼膜拜，否则，何来亲水而居，水泽万物？何以兴业兴民？

央视《水问》就说过：水之多少决定着人类生息繁衍的密度和生活质量的好坏。

那么在巴山蜀国，母亲河长江流域，自古是人类生息繁衍的秘境。因了母亲河的润泽，渝之西边，在一个叫璧山的小城，人们对水的思考却有超乎常人的先行。城市之心，一片风水宝地，寸金寸土的地段，不做商业不搞房产，劈出一千五百余亩的奢侈用地，给水一个安宁又丰厚的家园，然后辅以些生灵，就有了公园的定义，人们也送予她一个优雅的称号——"秀湖"。顾名思义，有万物之灵，水泽之秀。

秀湖的水，她来自长江，经过一路的跋涉，就沉淀得温润和平和，若不去惊扰，便平静得如镜，安宁而又泽润，幸福地躺在小城的怀抱，以甘甜的乳汁哺育这座城，滋养这座城，让璧城茁壮成长。这样的水，润物而无声，润小城于不显山不露水之中。

水是万物之灵，也是人类文明之魂。

正因她的灵性，才以母亲之名义，滋养着一个地方，让她繁荣，让她发达而名扬……

水与花的组合，无论从视角还是从意境，都美妙得诗意。150种花草、200多种旱生植物和300多种水生花卉植物和谐共生地落户秀湖之中，形成"花海""花岛"等景观。以花为点缀，在赏花看花品花过程中，让亲水的人们一年四季都可感受花团锦簇的震撼。再以"乐"为主题，以"花"为语言，以"滨水"为生活方式，曲水叠岗，湖岸交叠，浅水嬉戏，滩涂湿地，营造出集自然生态、亲水玩乐、人文景观于一体的湿地景观。

公园内建造亭台楼阁16处，凸显清代中期川东建筑风格，正南门、诗圣岛、天子桥、浮雕群、隐帝流光坊、凤凰阁、翰林院、鼓音桥、驿站水街等景点。湖边沿水系20多千米健身步道、4千米亲水步道、2千米空中栈道，黄金分割般地将湖面切分，配以喜水植物和景观绿化，让秀湖更加的立体和具层次感。

几十年前，大文豪郭沫若在抗战时期讲学璧山，就大赞璧山之美，今天的璧山人，以此为人文历史景观，取其赞璧邑山系"黛山秀湖"为"秀湖公园"。娇羞的秀湖，在太阳光的照射下，波光粼粼，娇美无比。若恰好遇湖面中央那激光音乐响起，喷泉、灯光、音乐浑然一体，水柱随音乐变化而变化，水柱达最高时，100 米的高度，然后倾泻而下，水漫金山、水幕从天而降的感觉一下会在游人眼前出现。

秀湖，原本她是静谧的，如历史的流逝，滋养和抚慰，给人们留下丰厚的想象。但同时又是动感的，如璧城人每天生活的节奏。这样的生活，如喷泉音乐凑出的是和谐幸福的篇章。

润泽绍兴

一

一阵浸润肌肤的水脉气息迎面扑来，纵横交错的河道将绍兴广袤的天地切分开，犹如叶脉似露出丝带状的靛蓝，将透着幽静的水面托出又遮掩，把江南特有的舒缓婉约气息暴露于眼前。

顿时，有了润浸的丝帛柔滑之感。这感觉从面部，从肌肤的纹理，顺体循环走向一直向内渗透，达五脏六腑，就那么妙不可言地，把人的思想牵扯着，折磨着人的躯体，叫人欲罢不能。

不一会，天空飘散起柔柔雨丝，丰沛水源与丝绒般细雨，将人拥入水韵世界，一切都静默着，痴痴地任雨抚慰，肆意地任空气中流动出恬静与悠然的气息。

水，是具灵性的什物。

虽是初冬时节，可处处还是花的海洋、树的世界，她们盎然着，极力抛开尘土的侵扰，努力地舒展着，接受着雨丝的滋养尽显妖娆和妩媚。花和树用周身储着的墨绿、葱郁，清亮着人的双眸，小巷、河流、石桥、台门、寺塔、石刻、府第、殿宇，透着深刻的古韵在雨里轻述，传递出水墨山水的韵致。顷刻间，绍兴的大街小巷，水运码头，石拱桥下，绿阴丛中，灰白瓦间有了宁静，有了安详，有了行云流水般的舒畅。

二

万物都明白，有水，才有生机和活力。上天，说来，也是极不公平的，对哪里施以甘露，对哪里薄以细雨，对哪里惩以沙化……全因她的兴起。绍兴是龙王爷的娇女，水是她陪伴来的嫁衣。水，一到绍兴，就舍去波澜壮阔的刚直秉性，被大小河道和湖泊抚慰得烟波浩渺，绵柔清透，满含诗意地躺于湖中，休憩在沟渠，慢慢悠悠地荡漾，慢慢悠悠地浸润，慢慢悠悠地滋养，任数不尽的乌篷船游来又游去，让无数的绍兴儿女抚育再抚育，把奔腾、咆哮、豪迈的气节忘得一干二净，唯留下丰腴与静美。

她，不张扬，不凶猛，不宽阔，不湍急。但她舒缓，她和畅，她秀美，她淳厚，她沉静，她润泽……

8000 多平方千米的疆土，400 多万的儿女，被几十条河流与湖泊润泽着，贵为"镇为泽国"的水乡宝地，使其"咫尺往来，皆可舟楫"。

踏进水墨洗染的街巷，踩着光滑的青石板，听着吴侬软语的轻漫，与撑着油纸伞的江南女子肩擦过肩，彳亍、徜徉、流连。

水墨气息散漫开，回荡在每一角落每一阶沿，持久且舒缓。成排的树木掩映之下，河汊或横街过，或穿墙入，或依街行，或沿山走，让街巷与水流总那么贴切而自然地融合在一起，有着"城在水中立，水在城中行"和谐柔美之感。驻足，看间或从哪家房前屋后延伸的几级台阶，顺势而下就摆在了河道面前；看闲适安逸的屋主人蹲在石阶上惬意地浣洗衣物；看哪家的乌篷船带着湿湿的水渍歇息在码头，一种自然、本真生存状态，让喧嚣的世人清楚明白：水，梳理着这里小桥、流水、人家的生活。

不知不觉，一条窄窄的街道，在青石板的牵引下，一溜粉墙黛瓦，一扇挨一扇的竹丝台门，一个接一个的游人踩过那高高的门槛。一块宽大的匾额上的"鲁迅祖居"几个大字招引着眼球，毫不犹豫地跟随游人的脚步，跨进朱漆大门里，《故乡》的风物、百草园、三味书屋、高大的皂荚树……在这里一一呈现，故土的风情、家乡的味道，有着溯本追根的体现。一条小河绕过朱漆大门向前，蜿蜿蜒蜒地流过所有的墙基和屋檐，三三两两的乌篷船走了又回来，绵柔温情的水释放出靛蓝，仿佛整个绍兴的魂魄都被她承载。

绍兴就这样停泊着，被水娇柔地拥戴起来，放眼一望，都会触及她的世界。水，让这里繁荣，也让这里声名远播起来。

三

初闻绍兴，源于儿时所学的课本和所读的小人书，也源于对"巾帼英雄"秋瑾的崇拜以及对鲁迅先生的敬仰，这样的感觉置于幼时及少年时代思想里，尽管肤浅，却至此对绍兴多了几分向往。

随着学习的深入，课程从简单的算术和语文进入到历史和地理的范畴，于绍兴，有了更多更精深的内容。

而亲临其境，感同身受于绍兴的怀抱，才真正体会出绍兴就如一本古朴厚实的历史教科书摆在了面前，于她，真得细细地慢慢地品鉴。

水生灵且滋才。从古至今，绍兴就一直被宠爱着，因此历史冠以"鱼米之乡""人杰地灵""名人荟萃"等诸多美誉。治水英雄大禹，越王勾践，书圣王羲之，爱国诗人陆游，巾帼英雄秋瑾，学界泰斗蔡元培，文学巨匠鲁迅，一代伟人周恩来……无胜枚举的英才，引世人景仰。水养育了他们，滋生着他们的豪情与壮志，更增长着他们的智慧与才能。有水便有波澜，便有了风平浪静下的一股股洪流，那喜若圣水恨若黑水的洪流由此助推着英雄的成长与读书人的才情迸发，谁说绍兴杰出人士的成功与绍兴的水就无关呢？

水，流淌出绍兴大小的河道与湖泊，引来数不尽的乌篷船和道不尽的水乡情结，激发出鲁迅先生无数脍炙人口的光辉篇章，有了让我们接触鲁迅认识鲁迅文化的幸福时刻。《社戏》中的万年戏台及如画的仙境，《故乡》中的乡情、乡韵，《孔乙己》中的长衫子和茴香豆，《从百草园到三味书屋》的百草园、三味书屋，以及《彷徨》《呐喊》等一篇篇一部部不朽的文学作品，无不向世人展示了绍兴水乡的独特生活场景和水乡风貌。从而让事隔半个多世纪的人们能踩着水乡的节拍进入一代文学巨匠的生活，让我们认识了百草园和三味书屋中儿时鲁迅的成长与勤奋向上，也有了踏进咸丰酒店和乡间社戏、走进并喜欢乌篷船下朴实无华生活的向往。

因了水，也就有了魏晋名士列坐于曲水两侧，把酒置觞于流水，吟诗作赋寄清流的盛会，也有了《兰亭集序》，让我们感受着"天下第一行书"的从容与行云流水般的气韵，也就有了认识并了解书圣王羲之及王氏家族书法艺术的传承与发展史，也让我们知道了绍兴一年一度的书法圣事和其深远的影响力，感受着书法艺术给人们带来的强劲魅力。

因了她的古越文化，我们认识了更深更璀璨的古越历史，了解了一个个凄美而真实的历史传说与典故，清晰了那个卧薪尝胆甘受胯下之辱的勾践，是他将此地繁荣且昌盛，成就了一个时期我国东部政治文化的中心。我们仍可将历史的篇章翻至4000年前的夏朝，因水，这里泛滥成灾，民不聊生，是民族英雄大禹，两度躬临绍兴，用智慧和心血，还来绍兴平安的疆土，从此，遗留下光辉的禹陵胜迹……

"悠悠鉴湖水，浓浓古越情"，一座生存了2500年的文化名城，为世人树立着一座"没有围墙的博物馆"。一草一木，一水一桥，一砖一瓦，都将绍兴的历史书写，向世人展示出她无比珍贵与深厚底蕴。

慢慢翻阅，慢慢品味，无数历史人物与历史篇章慢慢浮现，就如绍兴的大小河流，潺潺地流，潺潺地注入血脉与生机，潺潺悠悠地将绍兴的人文丰富和润泽。

玉龙老街：那曾经的烟火

一

一条大道，自下而上穿越而来，如一把锋利的刀刃，果断又无情。被大道切割开的老街，呆愣愣地迷茫着双眼，些许落寞，些许无奈。

而泛着油光的柏油路，却是锃锃地光芒万千。

这见证着时代气息的大道，就堂而皇之地穿越老街的历史，带着老街的烟火，自下而上，又自上而下，横亘、绵延着去了远方。

于是，瞭望和流连，追忆和探寻就成了老街人们的常态。

每天，他们都会在老街上驻足、守望，可是他们的热情被一点点磨灭，他们的心在一点点冷却，然后，不再守望的人们，就有了打算，搬迁、离去，寻找更为喧嚣的繁荣之地居家置业，开启新的烟火生活。搬离、留下，当这样的比例出现明显失衡时，老街便冷清起来，只留下那几棵生长了几百年的黄葛树和几口老井，在独自冒着甘洌的泉水，潺潺地思索：如果，这条大道不来的话，那么，老街又将是怎样的景象？

二

事实上，老街的兴衰，不关乎大道，只关乎时光。

时光是个很神奇的东西，她操纵着世间的一切，主宰着各自的命运。老街也同生活于这里的人们一样，被时光慢慢发现，慢慢培育，慢慢打磨，最后到辉煌，再衰退到沉寂。无论老街处于何种状态，她都发散出自己的温度和生命迹象，像极了一个人的生命历程。

唐，此地烟火不浓，人迹不稠，但离此三十公里的昌州首府古大足城里，那里却是热闹非凡，工匠齐聚，锤子、錾子、钎子、凿子等各种器皿敲山凿壁之声此起彼伏，大道上人来人往，车水马龙，有一种叫人间烟火的气息热气腾腾地散发。大量铁器应用对铁矿要求骤增，精明的商贾，四处寻觅。离州府较近之地的山石便被开采挖掘，而较僻远的西山（今玉龙山）森林茂密，野兽出没，没有通商的商道和信使往来的驿道，纯属置于仙境的清冷之地，荒野静僻，遂完好留存。

可这样的清冷架不住元末明初的"湖广填川"大量人口涌入，他们到处搜寻，各处安营扎寨。有徐氏姓人，发现于此，又探得石矿，首在西山，插杖为业，又在山上开山建场。可这人烟稀少之地，尽管徐氏建场凿矿，但仍未带来经济的繁荣、烟火的繁盛。于是徐氏后代，以祭奠入川先祖为名，修建"王爷庙"，以祈福祈寿聚敛香火。

烟火繁盛之地，历来是商贾货运繁忙之地，再加这里丰富的矿藏，自此，西山就成了热闹非凡之处。

据史志载：至清嘉庆年间，大足县又续增"十景"，而玉龙镇独占其二：一为"牛斗险奇"，二为"玉口金鸣"。所谓"玉口"，其实是指玉龙镇原治地"鱼口坳"；"金鸣"是指冶铁等小五金作业的锤击声。这一记述，显而易见地把玉龙老街当时冶炼铸造的盛况极其形象地表现，以至于成了玉龙场一道独特的人文风景线，实可"壮山河之美，彰人文之盛"。

由此可见，开采和铸造业的发展，为商贾提供着利益和商机，大量人口涌进又涌出，就此，玉龙老街，成了脚踏大足、永川、铜梁三个行政管辖区的繁荣和交通枢纽之地，也为山脚下不远处那个有着几百年历史的五金之城——龙水，提供着源源不断的金属原材料。

三

可衰败的老街，遗留下来的各种人类活动迹象，明显给人一种盛宴过后的落寞与惆怅。

一块紧接一块的青石板，尽管长短不一，尽管高低错落，却被时光和流淌的日子打磨后，毫无棱角的分明和粗粝，只有细致的砂粒和光滑。只是那些细腻上面被青苔和尘土布满，仿佛在掩盖着这里曾经的喧嚣和鼎沸。

青石板铺陈的街道，宽窄不过三五几米，摆于山涧之中，处于玉龙山脉这一断崖口，恰似挑起山丫两端的扁担，民间之人，依其形其意，形象地赋予"扁担街"之称。就是这样一根扁担，挑起了整座玉龙山山脉，挑起了此地连接着的三个不同行政区划间人们的生活，又挑起了这里作为工业经济萌发期的开掘和铸造业发展，更挑起老街上那些数不清的穿斗房内往来不绝人们的生计和烟火。

当我们站在老街口的打铁铺一条街时，注定看不见当年那繁忙而紧张的热闹景象。每天拂晓过后，鸡鸣声起，木板房开启的吱呀声、砸煤劈柴的斧头声、生炉铸造的风箱声、铁锤钢钎錾子落地的哐当声、铁匠扩胸呼气呐气时的助威声……一切的声响，都被泛着苔藓的青石板，残缺不全的穿斗房，锈迹斑斑的大铁锁，铁栅栏内的锅炉灶台所替代，整条街冷清得连掉在地上的一根针都能听得见声响。

就着这份宁静的气息，听着踩踏在青石板上发出的呼哧声响，那时的喧闹，才能成就着今天我们的探寻。一晃神，一闭眼，都能感受到扁担街上曾有的热闹。站在残败的邮局门口，似乎有背着绿色帆布口袋的邮递员们擦肩而过的身影，他们匆忙而来又匆忙而去，捎捡分装，都在为远离家乡的游子和商贾在传递着一份温暖和平安；还有供销社那斑驳的门台，很难想象那么多的柴米油盐酱醋茶是怎样在点燃着一家又一家的烟火，当烟火散去，留下的只是这个支离破碎的门脸；那长着几棵蕨草的老银行，收账结账这样繁琐的账目，不知道闪亮过多少老街人们的双眼；那口还在冒着热气的老井，清澈透亮的储水中，倒映着我们惊喜的脸庞，也倒映着井壁上那些丛生的杂草；街上的土狗，缺少了一个又一个欢天喜地到处跑蹿的伙伴，也只能孤单地被拴在那根老电桩上，落寞地看着我们几人在东瞧瞧西望望。

老街就这样伫立在玉龙山的丫口，迎来送往让一批又一批客人来了又走，让老街的儿女回来又去。

对于游子来说，他们的记忆中，这条两千米长的扁担街上，那些明清建筑的穿斗房里，储存起众多的欢笑和几多的乐趣。叫卖声、戏班鼓乐声、打铁叮当声，这些声响，是一种有着各种旋律奏响起来的号子和曲调，听着这样的曲调，迈着悠闲的方步，进茶馆，喝盖碗茶，听川剧，逗鸟儿，摆龙门阵，闲适和安逸就这样慢慢打发。

正是这份安逸和恬淡，让离乡的游子、外来的旅人，多了一份念想。

四

时代造就了老街的繁盛，也让老街走向了衰败。随交通网络化发展，矿藏压缩，铸造技艺落后，车辆减少，人气骤降。一些为老街人们和驻地服务的机构搬迁离去，人去房空，仿佛这条扁担街再也承担不起当年那般的辉煌和荣耀。

老街就这样走了，带着曾经的烟火，带着她的青春年华，走向远方。

她越走越远，走出大足的地界，走出重庆的区域，一下走进中国传统古村落的名册。

传统和古老，是我们精神和血脉的故乡。

凡是传统的，便是人们喜爱的；凡是古老的，就是我们保护的。

谁说老去的就没有了担当？玉龙老街，你的烟火会回来的。

落霞沟日落

　　群山环抱间，中心地带的峡谷地缝里，突兀地隆起一平地，四下悬挂，只一狭长坡地逶迤而至，月牙弯形，如泊于掌心的明珠，站立四周峰峦向下鸟瞰，一宁静安详的小村庄点缀其中，矮小、疏密、敦实，像无数的火柴盒子紧贴于红土之上，给人敦厚坚实之感。

　　落霞沟，一个让人遐思的名字，眼前的落霞沟，一点也没辜负这个美名。与打马坎看日出一样，此时人们对她的期许又何尝不是？

　　太阳将近落山，万缕霞光从四面山峰射下，直抵红色的沙砾土之上，依旧是层次分明的梯田和土块，随农人收获季节的来临，土地便裸露出原始本真的赤色胴体，表现出红黄粉绿的色系，加之有太阳撒下的赤橙染料，将田土熏染得赤红透亮，阳光与沙砾便交织出赤热的情愫，瞬间热情奔放而来。村庄里的小树，绿阴和粉白相间的青瓦黛墙，红白相间，安静与热情、素朴与远古，似乎都在刹那间直窜脑门。

　　随太阳光线的逐渐西移，投射到落霞沟的光线越来越柔和奇丽，与山下村庄的红黄粉绿色系相碰撞，激发起更加丰富的遐想。梯田的坡度如流线般婀娜多姿，田埂像灵动的音符涓涓流淌着，收获后留下的黄色稻草、红色土地、正生长着的绿色农作物，使这里呈现出更加丰富的神奇色彩，形成一幅美丽的画卷。稍不留神，平静的画面，有了动感的质地，间或一农人，扶犁下耙耕作影像，随影像流动的耕牛，沟带状翻新又冒着地热的红土，传统的耕作画面让落霞沟融进旷远的情景，于是，回想起千百年来农人的生存法则：日出而作，日落而息。而今，在落霞沟这里，不仅看到平生最美丽的日落，也看到因落霞沟的农人创造出的最美丽的耕作画卷。

随日落渐渐退隐，峡谷峰峦间的梯田在阳光余晖映照下，一坡一坡，一垄一垄地向上延伸，那梯田的曲线如柳叶缠腰，如丝帛相接，拼接成一幅幅我们为之痴狂的锦绣画卷。

一阵风吹来，暮色降临，落霞沟，慢慢沉入夜的迷离，不一会儿，影像渐行渐远。月亮却悄悄爬上山间那棵老核桃树梢，山风的强劲将树枝摇曳得沙沙作响，摇摇晃晃间，我分明感知到东川如一顶艳丽的彩轿，落霞沟中这位待嫁新娘，正享受着出嫁前这份宁静和安详。

仙女山：你是百变的女王

你是村姑，是仙女……我想，单纯一种美的形容，都是对你极不负责的敷衍。思来想去，认为送予你"百变女王"的称号，才够贴切和恰当。

你生于巴渝，长于武陵，行走于北纬 29° 02'—29° 40' 之间，水灵于乌江，妩媚于峻岭崇山……

季节不同，你就披着不同的衣衫呈现不同的面容。

"妩媚的眼光，诱惑的模样；清纯性感，温柔痴狂；魔鬼身材，天使的脸庞……为你百变，为你疯狂，我的怀抱就是天堂……"

歌曲这样唱着，你就这样百变着。

这是喀斯特赋予的神奇容颜，是你肆意打开身体展露的美丽画卷。你的每一个面容，就是一场华丽的盛宴，也是留给我们的宝贵财产。放眼地球任一光怪陆离、纷繁复杂的神秘现象，哪一种景观，不是美丽的畅想和惊叹？

北纬 30°，是地球呈现惊喜的黄金地带，而你所处纬度之间，恰好是地球肆意展示精彩的理想舞台。

每个来到你身旁的客人，他们倾慕于你的容颜，你的记忆门锁就会慢慢打开。这是中国的西南，长江的上游，你被武陵山和大娄山环抱，被乌江抚育，被草原和林海宠爱，千百年默默地等待。这个过程很漫长，很沉静，你，韬光养晦，不急不躁。

新千年钟声敲响后的第七个年头，联合国教科文组织正式宣布武隆喀斯特列入世界自然遗产名录，由此，你才华丽丽地登场。你2033米高海拔，33万亩林海，10万亩茵茵草原，夏季平均气温22℃的凉爽气候，把你西南独具魅力的高山草原、南国罕见的林海雪原、清幽秀美的丛林碧野充分展现，一下斩获"南国第一牧原"和"东方瑞士"的美誉，同时也成功跻身国家5A景区的神圣殿堂。

你用自然深度溶蚀后槽谷惺惺相惜的情谊，用"一母生九子，九子各不同"的遗传变异学理论，来表现山川地貌的奇特俊逸、岗峦陡险和沟谷纵横，使她们暗流交错，溶洞四伏，便成就为美丽优雅的仙女山百变女王。

你是个子长得最高的那位大姐，缥缈若仙，亭亭玉立地守望。你的屹立，把这个地理位置叫得震天响。因你的来到，便有了"重庆武隆仙女山国家森林公园""国家地质公园""国家森林公园"的雅号。

你最喜四季的更迭，这样你才有机会好好地打扮自己，把百变的容颜尽情地演示。

春，春寒料峭，山下的李花桃花梨花橙子花竞相开放，尽管亮眼，却多了一分匠气和刻意，也多了一分妖娆过头的张扬。而你，正值茵茵草场复苏的时节，各种草本木本植物蓬松睁眼，冒出嫩绿抑或墨绿的叶片，小心翼翼地呵护着怀中的花蕾，那些藏匿子叶的细小苞子，悄悄地，不那么引人注目，只在积淀，努力蕴藏着一分力量。等到山下的人们陆续来到，他们东张西望的那份"贪婪"和惊喜，将你碧玉翡翠般的玉体慢慢肢解，你却不管不顾，只是尽力把林海、奇峰、牧场、雪原这四项绝活做得更加精彩。茫茫林海，草场旷远，野花似锦，苍翠欲滴，牛羊遍地，清风吹拂，凉爽宜人，远方的客人，成群结队地扑向你，依恋你的气息。他们席地而坐、谈笑风雅、奔跑骑射、放着风筝、嗅着花香，疲惫的身心慢慢释放，你灵动而青春的美，让他们有坠入"凡间的伊甸园"之感。而此时的你，像极了一位青春靓丽的时尚女郎。

夏，炎热，离你之外的火炉重庆，人们正经受着酷暑的炙烤，你却凉爽似水，以低于那里 15℃ 的舒适气温，让他们争相前来。你展开绿色衣衫，似毯似毡，似被似锦的盎然气象，让他们悠然地听着清脆的鸟鸣，嗅着潮润的空气，或漫步，或小跑，或踱步其间，你又以丝丝凉风伴其左右，释放出幽雅的清香，如一位宽厚的母亲，抚慰、包容，让他们感受着惬意和舒坦，燥热的心绪慢慢散去，精气之神复又悄悄回来。

秋，阳光正好，不硬不软，将你的姿容暖得红扑扑地煞是好看，一份从容，一份悠闲，一份恬淡在你眉宇间舒展。天空中那些朵朵白云被你感染，欲挑似逗地与你嬉戏，当你挑眉，伸手之时，它们又调皮任性地躲得老远。清晨，你刚睡醒，美丽的朝霞急吼吼地赶来，纤手一挥，给草原泼上迷蒙的红晕，恰似给你缀点的胭脂；绿草茵茵的润浸带着晶莹的露珠，为你披上清新宜人的外衣；头顶上五颜六色的野花扎成的花环，花朵们灿烂绽放其间，这样的你，就是天仙下凡。那成片的向日葵花地，热辣辣地欲与你述说浪漫情怀，却被轻拂的秋风吹送，让低头啃草的牛羊也呆愣愣地迷醉起来。

冬，这季的开始，在巴渝，还是一叶知秋的时节，而你的身旁就已纷纷扬扬，白雪皑皑。清晨过后，你身披银装，端庄大气，沉静又素雅，似一位简静的处子，深情地注视远方。那些亲近你身边的人们，放眼一望，天和地被无缝连接，浩瀚无边，雾凇、冰瀑缀满枝头，草原和林海，辽阔圣洁。游人在茫茫雪原中穿梭驰骋，堆雪人、滚雪球、打雪仗、滑雪、呐喊，他们对瑞雪的渴盼，在你这里得到满足和释怀。到了晚上，你摇身一变成妖媚的歌女，让那些疯狂的客人，嗅着烤羊的郁香，踩着悠扬的曲调，跳上一曲锅庄，即使不去遥远的北方，也体验了一番"东方瑞士"的景象。

美丽的仙女山，你就是这样的善变，无论你青春靓丽，无论你素雅安静，无论你娇媚张扬……世人都在为你痴，为你狂。

"青青子衿，悠悠我心"，仙女山，你总在轻轻拨动我的心弦。

第三辑　梦想·悠远

小河边上的那条小路，我从小喜欢走，怀着敬畏和虔诚重复往返地走，感受到她夯实的泥土和坚硬的质地，心便有了安宁。后来，我走了各种各样的路，但我依旧时常想念她，她是我人生迈出的第一步……

煤油灯下的夜读

煤油灯，是故乡六七十年代农村普遍采用的照明灯具，其体积小，火苗小，光亮昏黄如豆还带有一股煤烟味，故乡人却珍爱得很。

通常为省几个油灯钱，很多家里利用废弃的墨水瓶，或者小的瓶瓶罐罐自制油灯用。那时煤油是紧缺商品，被冠上"洋油"的称号。价格昂贵，还凭票供应，家家户户在照明的事情上，总是该抠的抠、能省则省。夜间一旦吃完晚饭，一刻也不容耽误，刷锅洗碗，收拾停当立即上床。如果哪家哪户点着煤油灯摆龙门阵或者干别的事情，就是奢侈和浪费。

这样的奢侈和浪费，我们家却总是发生。

晚饭后，土墙房内的八仙桌上，我们会点亮一盏煤油灯，把灯搁在桌子正中，兄妹四人围拢而坐。在昏暗的光亮中，嗅着煤油的气味开始夜读。昏黄的光亮透过土墙的缝隙向原野释放，虽说是昏昏暗暗，隐隐约约，在漆黑的乡村也如一团火苗在燃烧。

我们的夜读，短则一两小时，长则三五小时甚至整夜。为此，家里的煤油总是捉襟见肘。为保证家中煤油的供应，俩哥哥想尽办法，哪怕是高价煤油（不用票的黑市油），也背着母亲买来用。我们的顽劣不止一次被母亲指责，被邻居笑话，被生产队的人耻笑。

但我们硬是没有悔改的迹象，依旧顽劣不化，大有一条道走到黑的样子，一到晚间又围坐煤油灯下一起读书。

我们读的书，母亲说是废书，别人说是会乱神经的坏书。生产队的人还说，看了这些书，我们的精神会错乱，所以，在很多人眼里，我们就是不太正常的人。尤其是年龄最大，书读得最多的大哥。

其实，我们读的书，高雅一点说是文学、艺术、经济、军事等方面的书；通俗来说，就是小说、杂志、小人书。诸如《红楼梦》《三国演义》《水浒传》《人民文学》《十月》《小说选刊》《资本论》《孙子兵法》等。为了这样的夜读能持续不断，我们不怕吃苦，不怕受累。去十几里地的长河煤矿捡煤渣卖，不惜被刚出炉的滚荡煤渣烫伤手脚；哥哥们跟着队上的老人，偷偷学着编提篮、篾锅盖走十里路去邮亭老街卖，经常手被刀割破，脚走起血泡；寒冬腊月，打着赤脚在家门前的小河，摸鱼虾卖给对面高家店高房子里的工人，全身冷得直打哆嗦；到巴岳山上去砍柴烧炭卖被林场工人追得满山跑……我和妹妹，也干着捡豆叶扯草卖不光彩的行当。凡是我们能想到挣钱的方式，我们都要去尝试。把挣到的钱，不是用于买高价煤油，就是用于买书报，也用于交学杂费。

最初，在哥哥们夜读的时候，我和妹妹只在旁边陪着，看一些小人书，尽管只是凑热闹，但从小人书中，我们知道了许多：精忠报国、悬梁刺股、三顾茅庐、红楼梦等，虽然故事情节被简化得不能再简化，却给我们小小的心里埋下了探索的种子。小学毕业，认识的字多起来，看着家里堆满书架的书籍，也受大哥二哥的影响，不知不觉，拿起文学名著囫囵吞枣地翻看，对书中的内容，总是懵懂不知，不过求知的欲望却很强烈。似乎手中有一本书拿着，已成一种习惯。

后来，俩哥哥上了中学，知识面宽了，阅读量大了，有了自己的思想和情怀，也尝试着写些诗文。这样，我家夜读的八仙桌上，又出现了一种姿势，伏案疾书。最先写诗的是二哥，然后大哥，二哥开始写小说了，大哥也爱上了画画。有一次二哥对我说：你要读《唐诗二百首》。哥哥的话，就是圣旨下达，我立即翻出家中那本泛黄的《唐诗三百首》，磕磕碰碰地读着李白的《将进酒》，进而开启读文学书籍之路，尽管有很多字不识，也时常语句读不大通顺，理解不到位致词不达意，但喜读、好读、爱读的秉性已然养成。

我们的夜读，走过一年四季春夏秋冬。最喜的是春夏的春风拂面和夏蝉鸣伴，最厌的是冬雪寒天的寂寞清冷。

寒冷的冬季，夜幕降临得快，家里的晚饭也在夜沉静得毫无声息才完成。一碗红苕稀饭，一小碟的泡姜当菜，有面前的书本陪伴，边喝稀饭边阅读的那种滋味，比吃上山珍海味还要香甜。

夜深了，风起了，夜更冷凉了，寒风穿透黑夜的清冷，向我们四人身上袭来。本就单薄的身上，早就冰凉，手脚麻木得如踩在冰天雪地一样，我们心中却平静如水，不哼不闹，无悔无怨，心中那盏明灯，与煤油灯暗淡的光亮一起，将我们照得亮堂堂。翻开几页书，手握一支笔，铺笺抚墨，边读边写，四个头像倒映在土墙屋的墙壁上，如一幅油墨画，颇有一番"灯下漫笔"的雅致。

寒来暑往，哥哥们的诗篇伴着邮票的芬芳飘向四面八方，全国各地印着油墨气息的样报样刊也如泉水涌向我们的小院。我和妹妹也很快上到中学，我成天在数理化的题海中苦战，妹妹也用稚嫩的语言，开始讲述我们的故事、我们的家园。书的海洋让我们翱翔，让我们一个又一个步入高等学府的课堂。当大学录取通知书拿到手，生产队那些人的脸上，再也没有鄙夷的耻笑，而是沸腾了周围几个村庄。

在煤油灯下夜读，让我们拥有知识的力量，在书的世界中获益和成长。我们不仅没有神经错乱，更没有精神生病。相反，读书教会我们做人，教会我们知理，还给我们插上一双实现理想的翅膀。

黑发不知勤学早，白首方悔读书迟。夜读锤炼了我们的精神和意志，让我们心明眼亮。如今，当一张张稿费通知单源源不断来到我的手上，我就感谢夜读那些美好时光。

碑石下的期待

这是一个居高临下的地方，向外一望，深邃的蓝天和凝滞的云团，将天和地阻隔开，心头就弥漫着古典边塞诗词的悲壮和苍凉。除此，苍凉中透彻出的那股秀丽和隽美，又如捕获人心的猎手，把心弄出惊喜和激切的情怀来，凭借高原清澈明亮的穿透度，十里八乡尽收眼底，一种明净，直逼人心怀，达到震撼人心的壮美和空旷。

在一块碑石下，坐着一位有着类似西北人的旷达和质朴的老人。古铜色的皮肤，布满了沟壑纵深的岁月痕迹，身着本色的羊袄背心，脚穿农家人常见的黄胶鞋，口衔长长的旱烟袋，眼眶深陷，眼色浑浊，看见谁，都浅浅地微笑。不打招呼，不呼姓名，只是一味地盯着路人，不管你理与不理，他的笑容都永远挂在脸上。真诚而淳朴，迎来送往，像是期待，又像是欣赏，也更像是红土地上的一尊雕像。

老人的身后，是几个雕琢的大字——"乐谱凹"。碑石是一块花岗石，嵌于公路旁的一块空地上。看周边泥土的坚实程度，可以想象在此停留的游人一定不少。那么这里无疑是一处看风景品山水的好留处。仔细观察碑石，它泛着灰白的面容，有着被风霜洗礼的印迹，有被游人抚摸过的欣慰，但无论从哪个角度观察它，都那么坚韧而硬朗。碑石上的"乐谱凹"三个字，笔力粗壮而苍劲，也许雕琢师傅在雕刻时真费了不少力气吧？为了更醒目，还用红色的颜料沿雕刻路线给涂抹了一层。雕琢是艰辛的，可辛苦过后迎来的成就快感又是幸福的。这正如生活于这块红土地上的各族儿女，尽管贫瘠的红土给予不了他们富足的生活，但他们在土地上耕种的认真和艰辛程度一点也不亚于雕琢师父的付出。雕刻是在征服，耕耘同样是在征服，红土地上那些红橙黄绿靛蓝紫的锦绣图画，就是东川人的辛勤付出。

每个人，嘻嘻哈哈，玩跑跳跃，在此照上一相，然后才三三两两，都要与老人合上一张。老人永远一如既往地充当着道具，以他为背景，以他为参照，都想摆出最美的姿势充分地把自己美好的一面展现在老人面前，展示在这块红土地面前。

可红土依旧是红土，乐谱凹依旧是乐谱凹，她的本色就是"真"与"善"，也是红土地生存几千年的法宝。乐谱老人，无疑是东川红土地的形象代表，他给予人的是真诚与善良，期待又何尝不是呢？

窗外，白云朵朵

工作间隙，猛抬头看了看窗外，很是惊诧。虽是深秋时节，秋的脚步却未曾到来，没有留下蛛丝马迹。

伴着这样的清秀，人神清气爽。天空，湛蓝湛蓝。白云，朵朵开放，时不时轻轻地亲吻着蓝天。尔后，蓝天便撒下恣意的云朵，独自享受着自己的清凉与深邃，也独自沉醉着自己那份高远。仰头，云朵仿佛有心嬉戏于蓝天，想努力挑逗出蓝天深邃的情怀。就时而呈海绵状，时而呈丝帛样，时而呈刀柄，时而又成镂空的雕塑。想尽了花样，用尽了招数，天依然是蓝蓝的，真可谓云卷云舒，天高云淡。我痴痴地看着云彩的变化万端，思绪也随之飘扬。此时脑海中什么都可以比拟，什么也可以不想，就呆呆地看着，不失为一种放松与享受，心情是格外的轻松与闲适。

间或，从远近不同角度侵入眼帘的一棵还是几棵抑或是一排排的常绿乔木，在经历了春夏的滋养，绿储存得更厚更实。似成墨绿，虽没了春的娇嫩，也没了夏的透亮，却多了些深厚与稳重。呵，让人不得不联想起人生的经历与况味。

公路上、人行道上，还有川流不息，人来人往的流动风景。路人个个行色匆匆，车辆奔跑不停，都成流动的风景。看着，仿如时光荏苒，浮现出人生如梭的一幅幅画面。

可我最喜欢看的还是远处那不断翻新的新兴工业园区，虽说看似有些杂乱无章，实则很井然。厂房飞速发展，塔吊车不知疲倦地旋转，似有似无的作业声隐隐约约地传来，给人一种期盼、一份畅想，有时还想着努力去倾听。

窗外太多风景，看累，赏累，想累。目光收回，环视屋内，狭小得只有十余平方米，却是自我固守的一片领地，一切付出与努力均流逝于这里。那一沓沓的书籍和稿纸，是心血和业绩的展示，此时，它们如列队邀功的士兵，正等着我的褒扬和检阅。油墨沁出的香气让人倍觉温馨踏实，甚至还有几分淡然的满意。如此，秋的凉意渐渐淡去，在这收获之季，叫人温暖的季节，也如人生的四季。虽已近不惑，收获谈不上多，但正如此时的秋。

再抬头看窗外的白云，正大簇大簇地洁白得厉害，居然有些昭然若揭地抢眼。

青山湖之上

"咔嚓"一声,在青山湖,在鹊桥之上,一对美丽的倩影瞬间定格。

这对情侣,既非约会,也非游玩,他们身着盛装,幸福祥和。姑娘披着洁白的婚纱楚楚动人,长长的裙尾拖曳出袅娜的身影,小伙穿着乳白的西装帅气逼人,随摄影师的安排,缓缓步上桥面。看似不经意时,姑娘陡然回转,顿生百媚,那平和坦然的美丽容颜刹那间荡漾在青山湖的空气里,把青山湖的坡坡坎坎也惹露出生机和妩媚来。

这是一张婚纱照。

当今情侣,结婚照,历来都倍加重视,欧美去选景,马尔代夫去看海,最不讲究的,也要去三亚,抑或各个名胜古迹……

去年八月,夫载着我跟随朋友远山涉水去贵州威宁的草海,才知,如此僻静之地也躲不过寻幽避暑的人们,偶然听两男子的对话:重庆到威宁的专列每周五开,专为到此避暑的重庆人。话刚一落,一个说:也只有到这僻静的地方来看看了,离城市近的,哪个地方没被糟蹋哟?是啊,谁说不是的。记得我曾不止一次地对朋友说:到黄山,我不是用双脚走上去的，而是被后面拥来的人群给推上去的。

我反复地说，啰唆又啰唆。不知是一种讨厌，还是一种担忧。

第一眼对青山湖的印象，平常不过如此，简直就是农村的风光嘛。那么，这对情侣，怎能如此不讲究？

细品，才觉出青山湖的与众不同。且不说青山湖的水清澈如镜，光是看着那湖边一坡陡斜的草坪，原生态，自然，随性，就是一幅乡间素描的写意。草是乡间随处可见的野草，泥秋蒜、则耳根，长得更多的是那种叶片圆圆的、小小的、温情得像眼睛的金钱草，它们匍匐于地，手拉着手，任人们踩踏。于是看着这草坪，就想邀三五亲朋，盘腿一坐，促膝谈下心。间或，如儿时那样，打闹一场，翻几个滚，捉几回迷藏。或者捡拾起草坪上的小泥块，往湖里掷扔出去砍下飘飘，嬉看薄薄的泥块在湖面一蹦一跳地跑远，心里默数着个数，快乐就释放出来，感觉童年时光依然，自己仍是那个天真无邪的小可爱。

其实，最想做的事还是画上一画：以鹊桥为中轴，把青山湖安于黄金分割之上，看着对面村舍的田园，描摹一幅丹青。这幅丹青，不用浓墨重彩，只需轻轻点几笔，用工笔画的架构，把远处的农舍，近处的田埂，一弯正在绽放的油菜花和几簇胡豆花，再摆上那一横一竖的桥面，一方一圆的桥洞，寥寥几笔，取个与陈逸飞《故乡的回忆》同名同姓的画名。那么，独特的美就从画中走出来，这时你眼前会不会浮现出周庄的双桥——中国最美的村庄，那江南"小桥流水人家"的水乡风景就此呈现。

这不正是故乡的场景再现？

当游子的思乡情怀在回旋，你，是否觉得自己是城市边缘的流浪者，不喜那雾霾深重的水泥森林，更喜山水田园的素面朝天；不喜那鲜花摆放，成方成圆的匠心独运，更喜田间地头，土沟背坎那随意绽放；不喜古树削枝跋山涉水的迁徙，更喜垂柳依依，土著土生的乡间小路……如此对比再三，幡然悟出，城市有了几分匠气和刻意，多了几分浮华和奢侈，少了一些自然和亲近。那么来到青山湖，自然之气迎面轻拂，几分舒适，几分亲切，还有润心润肺的湖风在身旁游离，一位自然鲜活的村姑仿若浮出。她天然而成，素朴安静，初看有几分羞涩，细端清澈宜人，不自觉就喜爱起来。

谁说离城市近的地方全被糟蹋？为之前的偏颇有些脸红。青山湖与南充，不过数公里之步，离嘉陵江之滨也是隔岸相述。

《绝版的周庄》如是诉说：

你可以说不算太美，你是以自然朴实动人的。粗布的灰色上衣，白色的裙裾，缀以些许红色白色的小花及绿色的柳枝。清澈的流水柔成你的肌肤，双桥的钥匙恰到好处地挂在腰间，最紧要的还在于眼睛的窗子，仲春时节半开半闭，掩不住招人的妩媚……

这正是青山湖之写意。

走在春风里

暮春三月，春风又绿华夏大地，五十六朵鲜艳夺目的花朵，沐浴着和煦的暖阳，焕发出奇异光彩，斗志昂扬地迈进新时代。

伴着春雷、沐着绵绵春雨，一个洪亮的声音从人民大会堂传出，如一缕缕春风吹拂华夏大地，瞬即春风又绿江南岸，人们心中郁积的沉闷随之消散，个个喜上眉梢，笑逐开怀。一句句民生民情的话语似沙漠中的甘露，足实的滋润着久已干涸的心田；如军营里嘹亮的号角，指引着五十六个民族手挽手，心向心，迈着整齐的步伐，迎着灿烂的朝阳，走向繁花似锦的又一年。

那冬日的风暴，早已越过山岭和岩石，飘入大海，沉寂海底。沐着春风，走出温暖的家园，在绵绵的春雨中长出新的希望。我们用热爱的乡音，唱着熟悉的歌谣，找寻我们流失的信鸽向四面八方传扬，我们欢呼，我们歌唱，我们更要向往……

走在春风里，举一杯老米酒，祝愿来年更醇更香；吹一曲笙歌，寄托爱的渴望；撒一把种子，盼它更加苗壮……我们把悲痛和忧伤捎给冬日的斜阳，我们把荣辱和恩怨抛弃到春雷的炸响，我们把欢乐和幸福沉浸在春姑娘的衣衫里，我们把誓言和憧憬放飞在春风的屏障。绿水青山就是金山银山，我们要开满鲜花的绿色大家园。我们要稳定，我们要发展，我们要繁荣，我们更要和谐安康！

惊蛰之时农人忙

立春、雨水、惊蛰……

每年农历三月五日或六日，为一年二十四节气中的"惊蛰"。此时，冬眠的动物被春雷的炸响惊醒，地热刺破冰封的尘土，暖融融地睁开眼，大地温润一片，繁忙一片。农家人也如冬眠的动物从过年的喜庆中苏醒开来，他们翻晒着心中的阳光，做着自己的打算。

在江南，或许更广袤的大地，隐匿于乡间或者林地的农家人，都那么深切地做着一个梦，这梦往往是从农家当家的汉子做起，然后是妇人，再到孩子。这些地处丘陵抑或山区的农家人，在农业机械化还是一种奢望时，躬耕才是他们唯一能把那个祖祖辈辈、世世代代从春做到秋的梦想变成现实。

"惊蛰"来临，仿佛集结的号令，他们会不约而同地走进山间，走向田野，把自己的身心和汗水托付给它们，便瞥见原野中镶嵌的层层梯田里，有农人的身影。

在这样草长莺飞时节，鸡鸣三遍后，露珠还在悬吊的草尖荡着秋千，一个个普普通通的农家院子，定会走出健壮的汉子。汉子们扛着犁铧，驾驭着耕牛，呼吸着原野清新而湿润的空气，游离于乡间羊肠小道，直奔田间而去。

壮汉们走到田边，将耕牛晾至一旁，自顾自地抽足了旱烟，这时天已露出鱼肚白，才卷起裤脚，扔掉脚上的黄胶鞋，把耕牛牵到面前，只听得吆唤耕牛的"吁——"声一响，紧接着一阵犁铧的声息，牛便乖乖地站立冬水田。耕牛在壮汉阳刚的口令声中，按照指定的路线，不断地游走，同时也把犁铧不断地向前拖曳，留下一铧一铧带着地热、吐露出清香的崭新泥土。

等到壮汉把田块翻犁之后，那时的农家妇人才开始出动，伴随农妇来临的还有那三五几斤的稻种。农妇们往往来不及休息，风风火火地卷起裤脚，扛上锄头，甩开手膀子把翻犁的田地该挖的挖，该平的平，三下五除二就摆弄规整，再把多余的积水排掉，让崭新的泥巴成浆成糊，充分地呼吸够新鲜空气后，再掏成一垄一垄、一坰一坰。将随身挑来的农家猪粪几瓜当泼洒其上，才细细地、均匀地将种子撒入泥中，再撒上筛细的泥土，盖上防寒塑料薄膜，谷种便播种完成。一颗颗带着稻谷芬芳的种子从此有了温润的家园，仿佛置入子宫的待育婴孩。她们从土壤和空气中吸取养分和水分，舒舒服服地静等生根发芽。而农家人则从种子植入泥巴的那一刻起，疲惫的容颜随梦的苏醒开始发散，希望也在萌发。

时间如梭，转眼过了春分到了清明时节。

庄稼汉子经过反复揭膜、盖膜、遮膜、保水、施肥、除草再排水一系列精心管理，在一个阳光明媚的早间又来到田边，眼前是一派青翠欲滴的茂密秧苗。阳光溅在翠绿的叶脉上，泛着清亮的光泽，潺潺地摇曳出秧苗的清冽香气。庄稼汉子深吸一口，醉了，醉在满眼的翠和绿之间，醉在原野气息下的秧苗清香里。他们伸出长满老茧的粗大手掌，探了探秧苗根部的软硬程度，硬硬的；再翻着叶片细细地观看，叶脉齐整光滑，生长发育良好。吐出一口长气，又细致地观看田间的水位，把排水口用泥巴填了又填，踩了又踩，心想：这时的秧苗生长正在势头，可粗心大意不得，必要的光照、养分及水分都得充分保证，必须做到精管细料才行。

做完这一切，汉子站起身，伸了伸酸胀的腰身，脸露憨憨的笑容，心想："禾要秧好，苗旺自能多打粮！"这样想着，汉子带着满意的笑容大步向田坎走去，边走边盘算着耙田栽插的事情。

庄稼汉走了，秧苗很懂他们的心思，为圆农人的梦想一刻不停地继续青葱，继续拔节，以健硕而美好的面貌迎接新家园的到来。

谁的心被你牵绊

前些年，在几个论坛和 QQ 空间里有好友邀请玩"开心农场"，最初没以为然，但被邀请的次数多了，也就试着将自己的论坛空间和 QQ 农场开通。初玩，没觉得有啥新奇与刺激，也就没感觉到"开心"一说。可时间一久，级别在升，种的菜从品种到价格越来越高档，收获的金币与经验值也越来越高，还时常伴有系统自动送出的小礼品，慢慢地有了一些快感与滋味，于是兴趣也就慢慢被牵引。

刚玩时，农场也就那么小小的六块地，种的菜品也是大众蔬菜——白萝卜，10 小时成熟，成熟后的萝卜拿去商店出售所获金币也不多。当然在这时，自己的精神劲头也没那么足，有些时候还呈懒散状。如果在种植过程中，遇虫害、草害、干旱等，还会影响萝卜的产量。如若再遇到破坏分子用些非正常手段，放些虫子，种些草苗等影响作物生长的，更会影响到作物的产量。这样下来，辛苦一季，所获得的收益也就屈指可数，到最后，所得的金币还不够购买下季种子的经费，就导致农场地块有闲置的可能，极大地减少经济收益。最可气的还是在收获过程中，无数双贼眼紧盯着你的菜地，往往他们会算好时间，等待时机，准备好五爪手，眼光与时光处同一水平线，丝毫不能闪失，执着坚毅地守着。此刻，可说任何人都是时间的宠儿，是农场的奴隶或奴隶主，争分夺秒将时光把握得精确无误。

经历了当初的新奇与索然无味，不知不觉，关注程度在加深，兴趣在增浓。这时的农场级别也越来越高，土地面积也越扩越大，种的作物也就越来越好，从初的白萝卜，到较为名贵的热带水果……系统都会自动给予你心灵的满足，给网民的欣喜也越来越多。不知不觉，不知不觉，一步一步，好似诱敌深入，自己就成了农场的奴役，或者说成了一个真正的"农场主"，那样你就会挖空心思地经营起网站的农场，作起腾讯或者说某某网站的贴心农场主。因为此刻，你有些离不开农场，离不开那些同样开通了农场的朋友，你最想做的就两件事：偷菜与收菜。

无论是"偷"与"收"都会让你感受到快乐，也就名副其实觉出了：开心！或者更深入地说：在释放！

"偷"是开心农场最为明显也最为引人注目的特性。偷菜用"精、准、快"来概括一点不为过，每每上线或者每每忙过之后，就会打开"开心农场"，首先关注一下自己的作物什么时候成熟，然后会马不停蹄地赶往别人的农场，极其关注地扫描下他们的农场种了些什么。用鼠标定时针一扫，成熟时间是多少，如果遇到就三五两分钟，心中定会窃喜，目光就会紧紧地盯住，手也有些微微发抖，心也有些浮动，按捺不住激动的心。此时是浮想联翩，感慨多多：主人是否在家？他她的手有没有比自己轻快？自己的鼠标到时听不听话？网络会不会卡？守候结果会是哪样？……如此，还怕万一自己一旦有闪失，错过了那么美好的一个偷盗时光，那种心灵的不安与浮动，担忧与急切交织在一起，真有此生不偷一偷就枉为人生的快感。哪知，此刻，何止就你一人盯着好友的农场，或许主人的所有好友们，大家已经聚集在了这块土地的周围，目光均在同一目标上，只等收获时刻的到来，大家是一哄而上：抢！抢！抢！抢到的欢天喜地，没抢到的落寞惆怅，心里还在嗔怪自己的手脚没有别人的长，还在怪自己的鼠标活动性能不如人家的灵巧。一场抢夺战下来，报数的报数，收获的收获，卖金币的街上忙，高潮过后，新的一轮种植抢夺战又在悄悄地滋长。有甚者，打破常规，玩起了夜猫，深更半夜，东家蹿西家抢，其间的辛苦，说来话实在很长。

　　"收获"更是玩家最为开心的时刻，辛苦一季，过了一二十小时甚至更长时间的守候与等待，盼望的就是收获，就如辛苦一季的农民那样，盼望着用汗水换来的收获到底是啥样？盼收成的过程也是一个艰难而漫长的心理承受过程。防贼与防盗是最为艰巨的任务，当然方法也就花样百出，一如诸葛的用兵，用计用脑，时刻算计着。系统中最为明显的防盗手段就是收养农场狗，它们通常要在农场主花了钱购买后才能在农场地里到处蹿悠。狗是不会白白地替主人看家看菜地的，它们也受市场乃至经济大潮的影响，很现实地利用起了主人的心理：有吃才有用！你要它替你看园子，你也得花钱掏腰包买了食物才可。当然这狗也就是三维动漫的没有生命没有意识的狗，它自不会向主人讨钱讨饭吃，但它们背后有操手，于是充上 Q 币或者金币购买粮食后，所花的费用全部流向了各个网站的窟窿。不过，玩家在乎的不是钱花得多与少，而是在乎：这游戏给予了自己一些压力的释放，获得了瞬时的开心与快感。狗防不如人防，人是具思想与情感的动物嘛，于是乎，又有甚者，算计上线的时间，把种植作物的品种选择在自己掌控的范围之内。别人上线偷菜的功夫不好算，自己的日程安排还是能掌握的吧，自己什么时间能来，就种恰在那时成熟的作物。如果自己这些天不能来，地块就那么空着吧，宁可不种也不让你来"偷"，典型的消极主义思想，不过，这也无可厚非，我的地盘我做主呀。

　　不管是"收"与"偷"，"抢"与"种"，这些将现实生活中不能实现的过程与行为通过三维与动漫的展现，满足着远离土地人们的心理需求，把一种向往与追求，敢与不敢淋漓地展现，获得了快乐与开心，释放着压力与浮华，牵绊着你我他的心。

看似简单，想起容易的一个小小网络游戏，就这样把亿万网民的心牵绊着。不管是工人、农民、知识分子还是白领、金领甚至公务员……心都斗不过一个小小的开心农场。尘世人们的心实在需要彻底地沉降。

　　雪用清丽纯洁的心灵掩埋了冬的苍凉萧瑟，将天和地和谐统一，于是天地之间便有了相生相容那至纯至美的爱恋，也就给万物创造了一个美轮美奂的生存空间。

——题记

天地之爱

　　当"千里黄云白日曛，北风吹雁雪纷纷"的季节来临，冬季便显苍凉萧瑟。听北风呼啸，观归雁南去，慨叹冬的落寞与悲凉。

　　但"撒盐空中差可拟，未若柳絮因风起"时，悄悄地，在不经意的人们身后漫天飞舞整整一夜，一个山舞银蛇，银装素裹的清新、雅致、脱俗的冰雪世界装点而出。

　　雪堆得很厚很厚，一如满世界都松松散散的用白毯子厚爱地捂着。此时，天空高远深邃，敞亮而洁净，天和地变得通透、安宁，地平线也拉得老长老长，极目视野也无法触及它的边缘，万物皆那么惬意，那么迷恋地躺在这空灵的世界里，顿感这洁白世界的妩媚耀眼。

　　阳光经历一夜的封存，第二天，晨曦过后，便洋洋洒洒地扑向大地。世界顿生灵与美，万物皆绽活与透。远远望去通体的透亮、晶莹，闪射出熠熠的光芒，这清透的世界和着高空而下的暖流直逼人的体魄，清爽、明朗，不由得贪婪地深吸几口。

郊野的白桦树，早已在秋来临之时，就经受不住它的热吻，那娇羞的叶儿已随秋天而去，留下高大挺拔的腰身守护着这空灵的阵地，守护着它的清白与纯净，或许是在静静地等候……

你如一阵风，更似一片云，静谧地飘至这里，携上天地博大的爱恋与包容，带着丝丝的清凉与冰爽，透出晶莹剔透的心灵，相约在这曼妙的季节。轻轻地你来了，伸出温暖的双臂，牵起我的衣袖，用漫天飞舞的絮语，来包容我的世界。用"燕山雪花大如席，纷纷吹落轩辕台"的势头来爱抚我的美丽，亲吻着我，依恋着我。没有甜言蜜语的温存，也无海誓山盟的誓言，只用相思的泪花把我装扮得如画如诗，再伴文人墨客的诗情画意，融入风流才子的款款柔情，似语非呓般，轻轻划过我的心海。我伸出冰凉的双手，却抓不住你那如影随形的衣袖，我刹那间迷惘。

一线暖阳伴着煦风拂过，飘浮间我依稀见到你高大的身影，当如梦如痴的景致消逝，我瞬时明白：原来你把无尽的相思倾落成飞絮，将我痴迷地修饰，而我又将如何来回报你的爱？只能将无言的思念化作如烟的云海紧紧地追随着你。

轻轻的我走了，正如你轻轻地来，只留下孤单的长椅见证着我们之间至纯至美的爱！

I Love you！原来天地之爱是这般不经意间……

被水滋养的土地

　　这片土地，是水流淌出来的。

　　也许，在人类社会初期，故土的先民，追逐水的脚步，跟随而来，在此安家落户，又开枝散叶。依赖着丰沛的水源，过着捕猎桑麻渔耕的生活。他们索取的水，得益于天然。而随着社会的进步和发展，人们对水的利用，也有了人为与强制。如，自来水的输送，南水北调工程把长江之水翻山越岭送至华北和西北等。这些本该归入大海的水，却逆向而行走进成千上万百姓的家里，这是人类依靠科技，让水为民造福的典例，因为，每个出水管道的尽头，都有一个甚至无数个生命在渴求。

　　水是生命之源，也是万物之根本。因而，我们生存的环境，哪能缺得了水。

　　上古开始，故土因了水，有了烟火与人家，有了乡场，有了集镇，有了几千年人类活动的历史。站在巴岳山这一天然屏障上，目光所及都有肆意流淌的水。一百余座水库，一百多条溪河，还有濑溪河、怀远河、窟窿河三条河流流经。因水的来到，这里成了"鱼米之乡"；从唐开始，南来北往的工匠，他们顺水而下，为避灾难与战争，来到这里，开凿起石刻，因而又有了"石刻之乡"和"世界文化遗产之乡"的称号。这是我的故土，她有个很响亮很清脆的名号——大足。

水，滋养出生命，也滋养出深厚的文明历史，还滋养出绿色植物这样的地球精灵。因此，故土遍地铺满了树，也遍地播撒着绿。

故乡人对环境的要求，近乎一种"苛求"。先祖们习惯密林幽境的生活，而水源富足，绿意盎然又赋予他们内心丰富的内涵，唱着山歌，唱情歌，把山山水水唱得缠缠绵绵、温润迷人。如若从卫星图上，遍地都是一片一片生机勃勃的绿，滋心润肺，一种生命能量透过绿绽放而来。

春天，生机之时，也是自然界中经受过寒冬腊月摧残的生命原色萌动之时，然后才有小草泛着锃亮颜色的绿，也才有嫩绿青翠吐露着清新气息的滋养和新陈代谢的更迭，才有了生生不息的"野火烧不尽，春风吹又生"四季往来重复不断的风景。

所以绿是春天的使者，也是力量与希望的使者。绿，对世间生灵所给予的恩德与施舍是多么可贵。

故乡人民，不用翻山越岭去抽调水，龙水湖、玉滩湖、化龙湖、胜天湖……大大小小的湖库，存储着丰沛的水。故乡人依靠勤劳的双手，把这鱼米之乡的土地，打扮得旖旎迷人又多彩多姿。45%的森林覆盖率，让众多濒危树种栖居而来，银杏、红豆杉、古楠木、桫椤等它们有了自己的家园；加上重楼、牡丹、桔梗、当归等中药材的林下栖身，使得种群丰富，种类齐全；奇花异草，曲径通幽；四季添色，节令增香；在绵延的玉龙山国家森林公园里，各种古树按一定的层次高低生长，在春夏秋冬季节轮换时，呈现出橙黄粉绿的色谱，走进故土，仿若走进植物的殿堂。

于是故土儿女，头沐长江的水，脚踏玉龙山的龙脉，喝着龙水湖的琼浆玉液，唱着欢快喜庆的薅秧歌谣，舞着昂扬的火龙，对母亲濑溪河和玉龙山森林公园的脸谱进行描眉画线，施粉抹脂，以丰富的民俗文化和世界文化遗产为依托，描绘得清丽优雅，让故土这个美人和谐地与人类共处着。

故此，故乡在建设进程中，所有的穿针引线，均以绿色衣衫为统领，培植出一个有故土特色的娇美人，不管你从内在还是外表来欣赏，她都美丽动人又清丽脱俗，更具温婉典雅的气质。

绿水青山就是金山银山，故土人很自豪地说。

故土，这个渝西明珠，正似一个青春靓丽的美少女，健康、活力又朝气蓬勃。

养伤的日子

坐在书房，嗅着从厨房传来的药味，此时，药的气息已弥漫在所有房间，分不清药是在厨房煎着，还是在书房焖着，一会黄连，一会枸杞……学过几天中医的我，能很明晰地辨别出它们的味道。

煎药是在厨房的电磁炉上，严格按照医生嘱咐按部就班地煎着。一剂药煎四次，每次 25 分钟左右，每次水量在恰好没过药渣为宜，四次煎好的药汤倒在一起，分次服下。向来不喜欢有太多约束的我，也那么认真地遵循着女医生的嘱咐。于是在家养伤的时候，就顺带着把药煎好，装在一大瓷盆里，每天早中晚分别倒出一小碗，微波炉加热后服下。我就那么机械地遵守着，也不知道药到底有没有女医生说的能帮助生筋壮骨，反正每次服下后，心中的希望就在一点点地升起。仿佛今天把药服下，骨头明天就会愈合拢，痛感也就减轻了不少。

这次煎的是第二次去抓的药，药方中较上次搁了些沉实的生骨、活血、化瘀的药物，放在药罐里煎时，就沉于罐底，水烧开后噼里啪啦响个不停。沸腾的声音，张扬又坚定，击碎着小区寂静的时空，药味随响声四处发散出来，让人一下就明白：有人家煎着药，也一下让人有了忧伤的情愫。

煎药里最明显嗅出的是黄连味，去药铺抓药时，我特地给那位永远坐着的女中医说，最近内热有些重，时常有牙龈肿痛和充血现象，是否可在药里也适当放些清热的药。女中医很肯定地回复：完全可以。而且女中医还补充说明着：对于你这样脚骨折及半月板撕裂的情况，西医是没办法治愈，就交给我们中医吧。得到女中医笃定的安慰，瞬间像绽放着春日的阳光，明媚又亮堂，生出满满的希望。之前那些危言耸听的话立即抛置脑后，刹那间我便把女医生尊为女神，很信服地听着她的话。于是，吃了上次她开的三剂中药后，想也没想，就挤进长长的队伍排上老半天，再次抓了四剂药。这次的四剂中药里，就都有了黄连的味，也严格按照女医生的嘱咐，不得有丁点差池，像伺候婴孩般地守着煎药的程序。

四剂中药，每剂药煎完就得花上整整两个时辰，按规定的用药量两天吃完。所以最近家里每隔两天总是散发着黄连味。这药味苦，世人都知道，连平时少人去的储藏室和客房也深深地浸染着这样的药味，仿佛在告诉踏进屋子的每一个人：有人在吃黄连药。这样的信息是我不希望得到的，这信息传达得越快越精准，我的内心就越是忧伤和沉闷。脚受伤后的现状，我终是不想面对和提及。

脚受伤以后，随时间的推移一边疗着脚伤，同时心里的伤痕却在一天天加重，担忧也一点点加厚。担心腿脚会不会恢复得如原来的好，担心以后的日子能不能继续走得那样坦荡，担心复担心，就演绎成了恐惧，所以，近两日，心理上的伤痕明显地重和厚了起来。

我上网查，又四方打听，千方百计想弄明白类似的病症。之后，我陷入恐惧，怕这怕那，怕脚留下后遗症……诸多的困惑，围绕着我。偶尔理智的时候，也会想起夫的话：莫听别人的，心里放松，安心的休养便是。可是，心里的包袱装多了，怎么能安得下心来。

受伤以后的日子，我总是担忧，总是惧怕。

今日早上，我躺于床上睡了一个懒觉，睁着眼望着天花板，仍旧是忧伤地想这想那，20年前的那一幕，一下跳进脑海。那次受伤的是左脚，看着腿骨白花花地冒出，那时的心多坦荡，当藏族男医生说：你这腿怕是保不住，如果这次消不了炎，退不了肿，炎症可能就进入骨髓，很有可能就得截肢。我想也没想地说：不怕，截了大不了装假肢。藏族医生听了我的话，嘟哝一句：说得好轻松。紧接着我没哼没叫，藏族医生也不注射麻药，也不用任何保护，就狠心地刮掉已经腐烂的肌肉，二话不说往拇指大的洞里塞了两张沾了药水的纱布。没过几天，炎症消了，伤口愈合了，人奇迹般地站了起来。再没过两天，又恢复如前，行走如飞了。

可如今，遇这点小伤，我却怕了？

我想前又思后，猛然间明白这些年自己丢失着很多东西，心里浸染着太多毒素。我已习惯了享受，习惯了过安逸的生活，挫折和吃苦，都陌生得不认识了我。我很想时光倒流，回归到当初的那个我。

突然，一股浓烈的黄连味又溢进书房，我知道，此时药已煎好。放下正在敲打的文字，走进厨房，倒了半碗，一口气喝下，黄连的苦在口腔中回旋数秒，便慢慢地消失直至有股淡淡的殷殷的甜翻转回来。我想：今天把这药喝下，体内的热毒就会褪下，明天抑或后天，我的脚也一定会好起来。

鸟迁徙

眼前是一片瓜地，面积七八十亩。清一色的钢架大棚，白色的塑料薄膜遮蔽下，在盛夏阳光直射中，毒辣辣地刺眼。

两条土狗，左右两根木柱上拴着，见到陌生的来人就狂躁，"汪，汪，汪……"地叫个不停，只要主人一声喝吼："叫什么，是客人。"狗像做错事的孩子，乖乖地倚门而立，有些狐疑害臊，但警觉打探的眼神一刻不停地跟随来人的身影。

狗看守的房子，其实就是用几根圆木搭建的一个棚子。没有屋基，没有基石，只在田野的一隅，用泥土简单夯实，无台阶，更无屋檐和走水；木柱被简单地绑成框架后，顶覆一层透亮的塑料薄膜，面向出地的一边，抠开一个口子，算是窗子；而在对面那一面上，几片尿素袋剪开缝合而成的，就是门帘子。帘子放下，屋内与屋外就是两个世界，两个天地。屋内是一家四口饮食起居的住所，屋外是一家租种的瓜地。

瓜地由夫妇俩经营，他们是浙江人，近五十岁。女主人一口流利的

122

重庆话，还时常夹带两句重庆的言子①。攀谈中问起他们来渝种瓜的年份，答案是二十余年。这时段，是两代人成长的黄金岁月，对他们，就是两代人的耕种。而夫妇俩最青春宝贵的时月，也在这二十年里。他们说几乎走遍川渝各个适宜种瓜的地域，二十余个春夏秋冬，总是春种，夏收，秋迁徙，春节才回浙江老家稍做休整。短暂的停顿后，又得携家带口，奔赴新的区域。

一算他们的生活轨迹，好比迁徙的飞鸟、无根的浮萍。

看我们是老买主，男主人很热情。"今天摘的西瓜都卖得差不多了，屋里剩下的也是孬瓜，我去地里重新摘。"话一完，挑起箩筐就走进地里。趁这个间隙，女主人大方地切开一个爆炸瓜，说给我们解解暑。边吃瓜边与她摆龙门阵。他们一家五口人，大儿子二十多岁，在老家留守，五岁的小女儿和七十来岁的母亲长年跟随一起，连孩子的出生，都在瓜棚里。女主人说，母亲帮忙煮饭接送孩子，七十余亩的瓜地就靠她和丈夫两人，遇到赶活忙不过来时，才请几个临时工搭把手。问为啥不固定在一个地方种瓜和买房居住时，她说，种瓜的地一般只能种一季，第二年就会更换，否则西瓜产量不高也容易生病害。

看着满园的西瓜和不算便宜的瓜价，我慢慢地盘算：七十亩地，每亩近万元的收入，一年就好几十万，按二十来年算……女主人忙打断我的话，今年天气不好，收成不如往年。原来，他们迁徙的背后，却拥有着上千万的资产……

西瓜吃完，男主人也从瓜地里回来，一边撂下西瓜担子，一边笑嘻嘻地招呼：还是老规矩，批发价 2 元一斤吧。

瓜称好，我又玩笑：你们几时退休回老家？干不动了才回去吧。女主人抢先答，这回她用了地道的浙江老家话。

---

① 言子，重庆方言。

倔强的小草

初夏，绿肆意播撒。乡间，翠绿的湿意贴近心田，润心润肺地清爽。

春刚刚过去，二十四节气也才经历从立春到芒种，大地就将田野呵护得生机和盎然，处处有着强劲的生命力量。

还是惊蛰时，四处苍茫，像春雷的炸响惊醒沉睡的小草，有几颗胆大妄为不怕风不怕雨的破土钻出，从此，开启又一轮生命轮回的先河。相继地，乡野慢慢披上绿装，有了李花、杏花、桃花和油菜花的艳丽与馥香，也有了农人耕种的起早贪黑。耙田、起垄、撒谷、盖膜、揭膜、保水、施肥、除草……其外，与他们共同前往的，是些高高低低幼小的孩子。

很快，谷雨到来，秧苗出壳、散叶、分蘖、青翠。此时，农家人早将别处田块翻犁耙平，并打足底肥。

日子悄然流淌，秧苗在新家生根、再分蘖至茂密，直至把田野遮蔽起来。而这个过程，插秧人却背井离乡走进了城里。

他们上高塔，爬脚架，凡是城里人不愿意干的事，插秧人却是争先恐后地前往，与家中孩子的相见，全靠那一根电话线。

很快端午来临，栽下的秧苗已茂密地盖过水田和田坎。

清晨。老家的堂屋，八仙桌上，孩子啃着叫"马脚杆"的粽子，手里摆弄着刚摘下的栀子，他们心不在焉地哼着"没有花香，没有树高"的调子。

年龄小的，抵制不住思念的样子，终于忍不住哭出声来。见此情景的老人们，哀怨地怒吼："哭啥子，打谷子时，他们自然晓得回来！"责骂声刚落，但老人们的心里，却是比针扎还难受。

孩子强忍住哭声，泪眼兮兮看向院外的田野，那里的禾苗正铆足着劲儿，绿油油地青翠欲滴。有些生长过猛的已然有了穗粒，仿佛希望的光芒一下拂去心头的郁积，悄悄地掰着手指，心中默念着秋收到来的时日。

樟树林之恋

看见香樟树，就想起樟树林。

人生中第一次遇见樟树成林，是上大学报到时。

八十年代中期的一个九月一日，天气酷热，几经辗转坐了一天火车和汽车，我来到"西南农大"的神圣殿堂。当迎新车停靠在樟树林前，迷茫又困顿的我被眼前绿茵茵的一片树林唤醒，遒劲的枝，繁华的冠，密林幽境，有丛林的屏障，瞬间把周身的疲乏和风尘洗去，心也瞬间明媚。

扔掉随身带来的行李，急切地找张石凳坐下，让凉爽的风吹拂着湿漉漉的头发，让炽热的心慢慢沉静，感受着绿意盎然的惬意，欣赏起眼前秀丽的风景，自豪之情从心底翻腾：我能跳出"农门"，进入这世人羡慕的高等学府，我一定不辜负这美妙的景致和幸福好时光。

此时，看着周围三三两两的行人，挪动着步伐，或读或诵，他们极尽所能地享受着这里的清幽时光，脸上的神情，淡定从容，儒雅又知性，心想，这真是一个培养人才的宝地。入学手续办好，只要有空闲，我们

126

三五几个同学就会邀约一起，漫步在校园的各个角落，走东边看西边，进大门出校门，都惊奇地发现校园内的众多高大乔木，也是清一色的香樟树。仿佛，这样高大的树木把整个校园严严地遮掩着，成了校园的庇佑。行道边、操场旁、宿舍楼、教学楼、实验楼、图书馆……所有的房前屋后，都密植着樟树。后来，慢慢才知，第一眼看见的树林，叫"樟树林"。樟树林又分左右两林，是农大校园的快乐天堂。林内小径，曲径通幽，石桌石凳，舒畅惬意，聚会、交流、看书、学习等个人抑或一切的活动安排，大多选择在樟树林。而樟树林后的池子，叫"荷花池"，池前的公园叫"中心花园"，为整个校园的中心地带，成为校园内老师和学生踏青、赏花、品荷的理想天地。从此，美妙的地名就如同美丽的景色，深深扎根于心里，并为自己即将在这森林式学校里学习和生活，感到无比的光荣。

就这样，樟树，成为我灵魂的皈依，心灵的寄托。而"樟树林"也根深蒂固置于脑海，哪怕是地处一片森林，也不能与我心中的樟树林媲美了。

考取大学的兴奋和拼凑学杂费的艰辛，如阴晴不定的天气在母亲脸上交错转移，家中光景，清贫如洗，格外的一切费用，都是对母亲汁液的榨取。身单力薄的母亲，日出而作，日落而息，仅家人的穿衣吃饭，就把母亲的鬓发染霜，连从家到校的十几元路费支出，无疑也为天文数。深知家境贫寒的我，每月依赖着学校的生活补贴，从此，再也没有向家里伸过手。生活的困苦，激励着我更加努力地求学，在不影响学业的情况下，勤学苦读各类书籍，利用课余时间勤工俭学，从此，母亲挣脱掉牵引我的双手，我也成长为校园里品学兼优的好学子。

每当，在学习中，在生活里遇到困难，我都会走出宿舍大门，步行十几分钟来到校园里，过溜冰场，绕过高大的铁树，来到我心中这块伊甸园——樟树林。沿着林阴小道走一走，看看挺拔的樟树，嗅一嗅空气中掺杂着的水韵气息，望望周围的宿舍楼，以此减轻心中的压力和排遣生活的困苦。等到夜色初起，心绪慢慢舒展，校园内的香樟味随夜风慢慢袭来，爽心润肺，所有的烦恼和忧愁，就此消散和忘却，在灯盏还未熄灭之时，又身轻如燕地往宿舍楼折返。那时，就觉得这樟树林美得不行，而我们优美的校园因有了这两片林子的映衬，一年四季总散发着质朴的馨香。

尤其是夏天，燥热一天的热气还未消退，樟树林里已是凉风悠悠，此时，静已伴随热浪的退却悄悄浮上枝头。从食堂吃完晚饭，来不及放下碗筷，就匆匆步入樟树林，感受林中飞鸟的惊扰，触摸凉风逐夏的欢畅，望着一枝正在拔节的新绿嫩芽，深深地吸一口带着香气的空气，感觉人生是多么美妙。

而今，时代变迁，"西南农大"也融入"西南大学"的怀抱，母校不断壮大，像樟树林繁茂的枝丫，攀升着又更迭着，不断地吸引着祖国大地四面八方学子簇拥来到。成千上万，一批又一批，他们怀揣梦想，接受着荷花池水的抚育，感受着樟树林的深厚和沉稳，成熟着各自的心智，由一个不谙世事的学子成长为祖国有用的人才。

转眼，樟树林三十余载不见，思念随自己眼界、学识、事业成就的增长日渐丰满，人生中，自从有了与樟树林第一次相见，就难以忘记那清秀端庄质朴的情怀，那幽静那温情，那透亮，那清凌凌，都深深地注入每个学子的心海。

因此提及你——樟树林，总是心有所依地想念。

第四辑　恩情·悠然

　　小河，她养育了我和故乡的人们，滴水之恩，当涌泉相报。父母养育之恩，师长教诲之恩，朋友感谢之恩，万物生养之恩，所有恩情，均记心间。故在感恩中成长，在感恩中被滋润，也因为感恩而欢愉，而事事温暖……

宁静的夏

夜，如一张博大而厚重的帷幔从天而降，将燥热与暑气驱逐于天际，把空气滋养得静谧温情。

室内，书房的音箱流淌出圆润恬淡的情愫，如您的气息慢慢浸润心田。

儿甜甜地睡在一旁，抚着儿稚嫩的脸庞，歌声轻漫耳际："宁静的夏天 / 天空中繁星点点 / 心里头有些思念 / 思念着你的脸 / 我可以假装看不见 / 也可以偷偷地想念 / 直到让我摸到你那温暖的脸……"此时，万物静寂，空气被歌声抚慰得温馨和煦，似游丝挑动，滋生几分浮躁，几分愁绪，一种割舍不断的情怀隐隐地拨动出来，温暖？自责？……无语言表。

不知远在故乡的您此时安好？

丝丝缕缕，游游荡荡，穿透夜的阻碍，漫出一个美丽又安宁的小村庄。

原野，流水，小桥，农家，终年不断的溪水缓缓流淌，绕过院落，绕过原野，悠悠潺潺地注入一大水潭，而后一路欢歌远去，这样的景致给人赞许与轻快的喜悦，让人甚是喜爱，小河旁的农家便在这喜悦中坚强地生活。

每到夏日，夜幕降临，鸣叫一天的夏蝉早已喉咙干涩，正待颤颤悠悠地退隐。我们全家，也总是抓住时机，在蝉鸣还没完全消失之前，兄妹几人跳跃般地搬出竹席，铺在被河风和夏夜吹拂得清凉的院坝中间，拥着劳累一天的您坝中歇息。让高亢的蝉鸣当着伴奏，让夜的静寂做着记录，摇着蒲扇、吹着河风、嬉数着星星、听着诱人又惧怕的鬼故事，诸多不快与困苦便慢慢忘却，一天的美好静静分享。

我怕黑，又怕鬼，却喜欢听蝉鸣的声音。

于是，总要吵闹着与大家一起纳凉。每到这时，免不了紧挨您躺下，还把头放在您的手臂和怀抱，没少惹您怒斥。我本不想惹劳累的您生气的，但又不得不这样做，不过那时的我从您怒斥的语气中读出的是怜爱，是宽恕，更加肆无忌惮，乃至将整个身体向您怀里钻。全然不顾您的斥责与嗔怪，而您在斥责之后很快便把我的无礼与野蛮遗忘，又与我们兄妹拉着家常，把父亲离去的悲伤深埋，用平静的话语，启迪我们，并嘱咐我们兄妹四人将来一定过好自己的日子。听着您的欢笑，感受着您的坚强与乐观，愧疚与自责漫过心头，涌动出温馨与感激，一种游离于身体之外的煦风从您心灵深处爆发出来，清凉而宁静，着实地浸透着我们，温暖着我们。每每听完您的话，欢快的蝉鸣也消失殆尽，于是您哼起温馨的催眠曲，我也躺在您的怀抱甜甜地入眠。

我们总在这样的煦风中纳着凉，感受着博大与宁静，心灵悄悄地发育，慢慢地成长。周而复始地一个又一个夏日，直到这股煦风把我们扶强扶壮，最终脱离您的怀抱展翅翱翔。您的心血终归有限，仿佛一夜之间，才猛然发现，原本体态坚硬的您，腰身伛偻，鬓发斑白，岁月的风霜挂满脸颊，说话的声音像鸣叫一天的夏蝉——干涩嘶哑，儿女们的事您却一天也没有落下。

终于，我们明白：您体内的煦风不再强盛，但却温暖；您的脸颊不再圆润，依旧质朴；您的腰身不再坚硬，依旧勤劳和坚韧。您从没上过学、没有文化，心却淡然而致远，高瞻又远瞩。您说：喜欢乡村的土地，看着心里也舒坦；还说离开了土地，腰也酸了背也疼了；甚至还说，没看到土地就没了精气神。而我们，劝慰不了您，只按着您的意愿，把您留在村庄。

音箱里的歌声依旧甜美，"知了也睡了／安心地睡了／宁静的——夏天——让我摸到你那温暖的脸——"看看苍穹，星星眨巴着眼，仿佛夜进入思绪和抚慰之中……

儿酣然地睡着，我则静静地默默地注视着儿，此时的我似一道守护孩子的门神，亦如当年的您……

夜更沉更深，夏亦更加安详静谧。

农家小院

　　进山路口，有一个农家小院，独门独户，尤其显眼。小院是一个青瓦白墙的川渝民居四合院，整洁的四周，绿树环绕，坐落在山野中，清新怡人。

　　清晨，沉睡一夜的山间被鸟的鸣叫惊醒，农家小院也在夜的沐浴中舒展开来。

　　随开关拉亮电灯的瞬间，听见有女人起床的声音。一个农家妇人打开木板铆钉而成的大门，发出沉闷而拖沓的"吱呀"声，蓬松着头发，穿戴不那么整齐的妇人出现，随后就是一个风风火火的身影迈出门槛。妇人来不及对镜梳妆，两只手拍打着身上有些皱褶的衣服，嘴里忙不迭地吆喝着圈舍的鸡鸭。妇人的起床声，就是集结的号令，院子一角的鸡圈、鸭圈、猪圈内的养牲们也睡醒似的，哼哼叽叽、叽叽嘎嘎叫唤不停。一时间，起床声、鸡鸣声、呵斥声，仿佛乡村晨曲，演奏出和谐美妙的曲音，在山间这个僻静一角，如石子击起的水浪，小院立即有了生机，沉睡一晚的山间也有了喧闹。

几把谷子和米糠一撒，鸡鸭有了满足胃肠的食物，瞬间得到安宁。只有圈里的架子猪①不满地继续哼唱着，妇人可不理睬，转过身走进灶屋，不一会，灶屋冒出青枭的炊烟。炊烟架不住大地的召唤，它们急忙地从屋内的瓦槽、门板的缝里、烟囱的出孔，缥缥缈缈、袅袅娜娜地向山间窜去，一家人的生活也在这炊烟的缥缈中，随山间的朝气而开启。

　　等到妇人把该做的家务活全部忙完，一家人也吃完早饭，该上学的上学去，该出工的一刻也不耽搁。阳光醒过来，像捉迷藏似的从山背后的树下跳出，悄悄地，似乎有不让人们知道的嫌疑。最先是一个带着乌云的火球，接着是一个硕大的火球，最后，突然间爆发出光的能量与热的温暖，将整个巴岳山脉紧紧拥抱起来。空气像无数隐埋地表层里的三棱镜，把太阳光射下的无数线条拆解分散，再折射，发散开来。五彩斑斓的射线，就这样在物理作用下撒向山间，这神奇的一幕，真像魔术手。有了阳光普照的山脉，火烧样燃烧起来，坡脊、小院、田野、乡间小路、房舍显得璀璨无比。大地万物都极其拥戴这样的斑斓，争先恐后做出积极的回应。小花小草们摇曳着纤细的腰身，妩媚尽显，它们笑眯眯地眨着眼，挥挥手，沉醉地享受这美好的世间。绿树们却不敢怠慢，那些细微的叶泡里，就等光线的到来，努力地新陈代谢，吸进二氧化碳，释放出氧气来，这样的辛劳，让山间生机得让人迷恋。

　　这样的清新令人沉醉，同样沉醉的，还有小院那些生灵们。

　　最先映入眼帘的是院墙边的几株水果树，这些极具西南特色的水果，用储满的绿，一下吸引着人们的眼球。不管果树挂没挂果，光是那沁人心脾的绿，就让人润湿和舒服。仔细瞧了瞧，果树的枝丫间还冒出一个个刚出蒂的果子，它们是李子、柚子、梨子和桃子……带着各自孕育婴

---

　　① 架子猪，生猪出栏前的半大猪。

儿的甜蜜幸福，泛出锃亮的绿意，给人希望和满足。

果树底部那些花草们，尽管只是作为陪衬，不富贵，也不娇艳，但它们乐得自在，依旧快快乐乐地感谢这美好的大自然。

小院被半人高的篱笆围墙遮遮掩掩，几分真实几分迷幻，暴露于山脚下小路边，让路过的人们抬眼便可看见，都不由发出一声赞叹：好雅致的小院。向前十几里路，那是个国家森林公园。公园里，有联排别墅，有花园洋房，有专门的管理人员，十足的高大上又规范。可那些路人却说，小院无拘无束，有自然之灵气，住在这样的小院更安逸自在。

红薯之恩

"你怎么还喜欢吃红薯，难道小时候没吃够？"每当看到我举着红薯吃得津津有味，人家都非常不解地问。每每面对这样的疑问，我只好玩笑地回答："忆苦思甜啦！"

是啊，红薯这种粗粮，对于出生于二十世纪六七十年代的我们来说，哪个没吃厌？几个没吃够？有些上了年纪的人，谈起红薯立即就会想到它的粗糙和满嘴乱窜咽不下去的窘相，胃就涩涩地泛出酸味。可我，对红薯却有种依恋，心存一份感激，看到它，自然喜爱得不行。

儿时，每到打谷时月，就眼巴巴盼望母亲能煮上一顿白米干饭来吃。可盼来盼去，盼到谷子打完，装粮的柜子见底，也不能吃上一顿哪怕是掺杂着红薯的白米干饭。更多时候，都是吃的照得出人影的咸菜稀饭，红薯稀饭，对于我这样父亲离世早，仅靠母亲一人挣工分的家庭，却很难得。吃白米饭，更是想也不敢想，通常只能过年时才能吃上一顿，饿饭都是家常便饭，有得红薯吃就是非常不错的了。

那时，吃"大锅饭""磨洋工"挣工分的劳作方式，生产效益低下，土地产出少。别的粮食都紧缺的情况下，不施化肥，仅施用牲畜粪便的生产方式却促进了土壤肥力的增强，红薯这类块茎类作物往往生长旺盛，产量尤其地好，收获的红薯特别多特别大。大多数家庭从每年的九十月到次年的二三月，长达近半年的时间，红薯都会成为主食。

可在我家想有足够多的红薯吃，这样简单的事也都是奢望。通常队上分到手的红薯只能吃到过完年，我家窖孔^①就再也掏不出红薯。为蓄留薯种，母亲只能提早从窖孔里捡出一箩筐作备用种薯，否则将会面临断种的危险。能干的母亲无论如何精打细算，仍免不了缺吃少粮的状况发生。年后很长一段青黄不接的日子常常用蔬菜和别的食物填肚挨日子，可蔬菜毕竟不是粮食，哪有足够的能量抵挡住胃肠的蠕动和满足疯长身体的需要，饥饿很快来袭，肚里依旧是空空如也。饥饿，像疫病折磨着我们，也像钢锥扎着母亲的心。我和年幼的妹妹不谙世事，饿后就"哇哇"叫唤，两个哥哥则忍着不表露出来，此时必能看到母亲眼眶里，湿湿的珠光在打转。

8岁那年，又是一个青黄不接的二月，我、妹妹、母亲三人在家吃了些稀饭就往对面的自留地走，准备收拾好地块用于栽种红薯，母亲锄草，我收捡。做这样的事，本该是得心应手，至打六岁上就能帮母亲煮饭、喂猪的我，已是母亲的好帮手。可做着做着竟有些力不从心，手软软的，腿也软软的，似乎一下周身都无力，最后两眼金星一冒，人像软软的海绵贴在了土边。我用手试图抓住土边的一棵小桉树，想努力地撑起来，可蹭了几次，脚丝毫不能支撑躯体，踉跄几下，又重重地倒在土里。不知过了多久，意识模糊地听到妹妹直呼母亲：

"妈，快来，快来看，姐姐睡着了。"

紧接着是母亲唤我："三，起来……"

---

① 窖孔，川渝把"窖"称为"窖孔"。

任凭母亲叫唤，我哪里起得来。母亲将我背回家。随后母亲去到屋檐下的窨孔里取出几根红薯种子，再从见底的米缸里舀出两斤米，破天荒地煮了满满一锅红薯干饭，让我们全家五口吃了一顿饱饭。

后来，母亲每每讲起过去的日子，都要说起那段经历，那个场景，而且母亲总是忍不住眼泪说："当初是饿的。"

几根红薯，就这样开启我生命新的历程，无疑成了支撑我生命的救命食粮。从此，见到红薯心里就会产生一种情愫，感激还有怀念，更多的是一种恩德。

由此，我对红薯，岂有不喜欢之理？

秋来满田黄

立秋过后，秋雨便没了夏时的张扬和狂躁，时不时地，绵绵地下。此时，处暑正在打盹，白露抬眼一望，遍野的稻子金灿灿地笑弯了腰。

"秋打望，谷打黄，一场秋雨一层黄""秋风凉，庄稼黄"……这样的景象像给母亲心里注入一抹兴奋剂，母亲总爱喜滋滋地说。

母亲生于农村长于农村，土地是喂养她的根基。勤于劳作，喜于劳作也成母亲晚年生活不可缺失的生命依附。

母亲种植庄稼，与传统的农人一样，严格遵循着农谚妙语总结的，数着时令，在立秋过后，收割之前，都要找个日子来到田间探望探望，以便掌握稻谷的最佳收割时机。

一个早间，太阳还没升起。母亲拾掇着爽朗的心情，踩着露珠飞溅的杂草来到田埂。突然间人的到来，让隐匿于田间地头歇息的青蛙和秋虫，有了短暂的不安，早就在脚步声响起时，它们带着惊恐和戒备扑腾离去。

母亲顾不得欣赏原野早秋丰收景象，沉稳地把收获的喜悦收藏于心，稻子的清香和谷穗油浸饱满的力度，早已塞满她整个心房。

找到一处田缺，弯身、蹲下，用长满老茧的双手捋着稻穗的肥硕颗粒，看看、捋捋、再瞅、又捋。慢慢掐下一株摆放到掌心，眼睛微眯，瞅下，再离得远些，再半眯眼，仿佛要把手上这株稻穗彻底记清。然后才慢条撕理地数着稻穗的颗粒，数几下，又捋伸展放在掌心瞧瞧，试着比画着长度，掂了掂重量，再放鼻尖闻闻，看看、再闻闻、再看，抖两下……如此三番五次，一穗稻子究竟有多少粒稻谷，母亲其实不用仔细数，光看稻穗比往年的长，她就清楚：今年谷子比往年长得好。

接下来，母亲就是张罗收割的事，尽管母亲一字不识，但安排起农事来，那可不含糊。从年轻时，到如今的耄耋老人，思路依旧清晰，条理分明，什么节气，什么季节的栽插，心里明镜似的，活脱脱一个庄户好把式。如今，母亲与众多的农村空巢老人一样，过着日出而作，日落而息的乡间生活，伴着星星入眠，数着鸡鸭入睡，硬是成了母亲快乐无比的晚年生活。

带着这样的喜悦心情，不会用电话的母亲想方设法通知城里的我们，说：家里谷子黄了。只此简单一句，我们就明白，是时候帮母亲收割了。于是，安排时间，联系到打谷机，去母亲的地里将成熟的稻子收割回来。

每当看到打谷机在田间起动着油门，风卷残云般将稻谷卷进拖斗时，自然就想起儿时，母亲为收割稻谷所付出的艰辛和努力。

在肩挑背扛的时月，一切农耕只能靠劳力说话，所有农事，都是力气活。肩挑背抬，本该壮汉承担，可迫于生计，母亲次次与队上的壮汉子一样，挑粪上坡，下田挞谷，母亲样样走在前头。尤其是初秋时的稻谷收割，母亲为挣更多的工分，总是与他们一样，早上四点起床，晚上八九点收工，过度的劳累，让母亲的腰身有了曲度，可母亲看着一天天成长起来的我们，内心却得到极大的安慰，她总说：养娃儿就像种庄稼，就盼着你们有出息的那天呢。

朱德元帅在《我的母亲》里描述："每天天还没亮，母亲就第一个起身，母亲在家庭里极能任劳任怨。她性格和蔼，没有打骂过我们，也没有同任何人吵过架。母亲同情贫苦的人，她自己是很节省的。母亲那种勤劳俭朴的习惯，母亲那种宽厚仁慈的态度，至今还在我心中留有深刻的印象。"现在回想，这也是我的母亲——中国千千万万农村妇女中普通的一员，她有着与朱德母亲同样的勤劳与质朴，善良与坚韧，宽厚与仁慈的可贵品质。

劳动是母亲最大的快乐，也是母亲生活的皈依。劳累一生的母亲，总坚强地立于生活的前头，以父亲的臂膀养护着儿女，以母亲的柔情温暖着我们的心灵。从春到秋，从播种到收获，母亲甘愿地付出，如今看着我们一个个展翅翱翔，母亲爬满皱纹的脸上，总绽出艳丽的笑容，还乐颠颠地说：秋来满田黄啊，秋来满田黄！

母亲的背篼

母亲的一生，有过无数的背篼。为爱而背的背篼，总在母亲身上荡来荡去，将她亭亭玉立的腰身压得羸弱佝偻，母亲却背得欢畅和无怨无悔。

母亲的背篼，有大背篼、小背篼、稀眼背篼、密背篼、高背篼、矮背篼、装红苕的背篼、装柴火的背篼、娃娃背篼、菜背篼……我印象最深的，是娃娃背篼和菜背篼。

娃娃背篼，是母亲把我们四兄妹从小装到大的背篼。母亲18岁出嫁，19岁第一个孩子出生，那是我大哥，再过4年生下二哥，随后6年时间，有了我和妹妹。

从大哥的出生一直到妹妹出生，之间十余年时间里，娃娃背篼几乎在母亲身上扎下了根。母亲做家务，生产队出工挣工分，甚至在河边淘菜洗锄头，娃娃背篼都没离开过她的身。

母亲说，我们四兄妹都是她一手盘^①大的，一把屎一把尿的，从没人

---

① 盘，拉扯。

142

帮忙过。婆婆①早逝，公公②又不会带孩子，叔父一家人也生有几个儿女。父亲又总在忙公家的事，把母亲一人扔在家做农活，挣工分带孩子。

大哥出生，我家刚从大家庭分出来，两间破土房，一穷二白的家境，又遇自然灾害时期，国家穷，咱家更穷。无吃无穿，让大哥在母亲体内就营养不良发育受限。落地不到三斤的大哥，全身青紫奄奄一息，邻居一个姓蒋的婆婆说：扔了吧，肯定是养不活。初为人母的母亲，想着蒋婆婆的话，看着连奶头也不会吮吸的大哥，撕裂般的心痛。放弃还是坚持？母亲毅然选择了一条举步维艰之路。她心一横，扯下一块破布，包上大哥弱小的身子，小心翼翼地将他抱在怀里，用自己的温暖，一点一点与死神争夺。没有吃的，又无母乳，母亲东家借西家讨，硬是用米汤把大哥喂养活。

可活下来的大哥，又面临严重的现实问题，3岁不会说话，4岁不会走路。周围的人风言风语又起，说大哥是"软骨症"，是"呆子"。看着脸如二指那么大的儿子，母亲再次用娃娃背篼，背着大哥，通常几十里地几十里路去走，寻找名医，寻找土药方医治。一年多的奔走，让怀着身孕的母亲瘦骨嶙峋，几次晕倒在路边，幸亏遇上好心人。后来，无意中听一位老头说，离我们60里路远的永川双石有个土医生，能治好大哥这样的病。像久旱逢甘霖，母亲二话不说，把大哥装进娃娃背篼，怀里抱着出生不久的二哥，重新踏上寻医问药的路途。这次的奔走，总算有了结果。土医生开了药方，很多的草药得自己去找。一周三剂的方子，隔周又得换药，配以针灸治疗，一月四五次的前往，长期的劳累奔走，使得母亲心力交瘁，但坚韧的母亲，硬是没有放弃和退却。一年后，药罐熬坏几个，娃娃背篼背烂两三个，母亲脚上的血泡剥了一层又一层。

---

① 婆婆，奶奶。

② 公公，爷爷。

可算是皇天不负苦命人，大哥终于开口说话，不久也慢慢会爬会走，看着医治好的大哥，母亲只说着这样的话：硬是没把我磨死，硬是没把我磨死……

母亲的坚持，终于让石头也开出了花。

大哥能下地走路了，原本可以暂时松手的母亲，面临的又是二哥的抚育。娃娃背篼依旧没有闲置，继续履行着它背娃娃、载娃娃的光荣使命。而父亲的光荣任务，还是为公事，常常是十天半月也不能回家一次，后又因病过早离开了我们。

二哥可自己玩耍了，我又出生，紧接着是妹妹出生和抚育。按农村传统，大娃带二娃，二娃带三娃，依次如此。因大哥幼年发育欠缺，身体一直瘦弱，个子小，体力差，尽管他大二哥4岁，大我7岁，但却无法承担照顾我们的责任，带孩子的担子，依旧长久地落到母亲身上，直到妹妹可下地走路，母亲才基本甩掉肩上的娃娃背篼。

母亲用娃娃背篼背大了我们，我们也离开农村生活在了城里。没有抚育任务的母亲，却愿意独自居住在乡下，没有了挣工分的劳累，没有了养孩子的负担，土地和劳动依旧是她的精神和归属。留守土地的她，用自己喂养的鸡鸭鹅的粪便，再用猪粪水调制，自制成有机肥料种植蔬菜，长出的菜蔬青翠回甜，有人说这是健康无污染的好菜。时常有路过的人说，要买她的菜，母亲坚定回绝，说她的菜不会卖。可转过身，母亲找到一个菜背篼，装得满满的，弯着低矮的身躯，一步步走向公路边那公交站。

几经辗转的母亲，到了我们家中，边放下背篼边擦着满脸大汗，还边唠叨：这是瓢儿白，这是莜麦菜……一大堆青橙橙、油亮亮的蔬菜要么摆在客厅过道里，要么摆在餐桌边，偶尔才堆放在厨房的蔬菜篮。

母亲总说：城里生活贵，什么都靠买，连吃的水都得付钱，哪像自己在家里，要吃什么随便摘随便采，吃水的管子牵到灶屋里，水龙头一紧，机打井的水，用起来好方便。

于是故乡的人，时常看见母亲背着菜背篼，站在村子对面的公交车站，不断往返于城市与农村之间。

已近八旬的母亲，青春年华被娃娃背篼磨去姣好的容颜，耄耋之时又被菜背篼牵绊，她的儿女们，是她的天。她心中的爱，总是又多又满。

草香清冽

夏，雨量充沛，园子的草猛长，贮着满馥的青和翠，坚强而固执地把嫩绿的叶片向空中扩展，蓬勃而生机，清透又具几分湿润。

足球场大小的绿化地带，放眼一望，葱郁得晶莹剔透，直润肺腑，散发的香气，清新宜人，让每个路人都舒畅惬意。周边大黄葛树下，有许多呼吸新鲜空气的老人，他们闲适地扭动着腰肢活动身体，打着套路不太流畅的太极。暑期的孩童，在草场中嬉戏玩耍，他们被快乐滋润着、幸福着。

一工人手持割草机，机械地从这头到那头来回刈草。割草机发出刺耳的鸣叫，亮出锃亮锋利的刀刃，这样的场面，丝毫不影响大家的兴致。被拦腰斫断的草身来不及呻吟就顺刀口向四周发射，瞬间躺于机身后，支离破碎。不多时，大簇的草身覆地。无论是躺地的草身还是留下的草茎，在齐整的切口上，透明的汁液都在游离，直至切口的边沿悬垂着，晶亮着，在晨光直逼下，生出清透若珍珠的小颗粒。伴着小颗粒的，是更为浓烈的香气。这香让草们忘记了疼，更加馥郁更加张扬地向四处散

146

溢，浸润着每一个细胞，梳理着每一根神经，浓厚且清冽。

玩耍的孩童，见着这般好玩事，齐涌过来，追随割草人身后，不时把躺地的大簇草身捧起，向空中抛撒。那被斫断的草身依着抛物线在半空划了个优美的弧线，遂按重力方向落下。于是顽童们更为欢畅，追逐着试图接住，偶尔未果，也依势躺在了软软的草坪上，贪婪地张嘴吸气，舒缓着贪婪的躯体，尔后翻身爬起。周而复始地，伴着草的芳香，玩得甚为酣畅，俨然不知道青草有多疼，有多痛，只把自己的快乐释放。

抛草的动作和散发的香气，仿佛穿透时光的影像，勾起儿时的往事，那时的草香，对贫穷的我们，是困苦中的支撑和希望。

也是这样的夏，依旧是青草茵茵地长，依旧是草香幽幽地绽放。放暑期的我们，邀约同伴，手拿镰刀，身背背篓，投身广袤的大地，寻觅着青草的芳香。到坡上，来不及欣赏草的青翠吮吸它的香味，就一头钻进高粱地，将一种我们直呼"青草"的草本植物挑选出来，大把大把地扯着，被扯的青草总是阵痛而温柔地躺于背篓，不哼不叫。等到背篓已满，又集结出发的小伙伴，浩浩荡荡、欢呼雀跃回到家中，之后寻找一处干净晒坝，把扯来的青草抛撒起来，那动作似玩耍的孩童。等草落下之后，我们则宝贝地将草薄薄摊开，在太阳下暴晒两日，让这些脱离了根的拥抱的青草们，依旧疼并散发出浓郁的香气，水分蒸发殆尽，香却弥漫空中，扩散至每一角落，远远地清冽开去。草们似乎不知，此时，它们生命早已终结，唯留下枯竭的身躯和满院的香气滋润着我们。我们依旧贪婪地闻着香，有些得意忘形，心里衡量着干草的重量，盘算着干草出售后带来的收益，随后把清香仍逸的干草小心拾掇起来，捆成扎，同时也把我们得意又喜悦的心情，打成了包扎成了捆，堆放在院落里贮存。那香便执着地在院落回荡，经久不息，充盈着每个如我一样孩子的心灵。

看着干草捆越堆越高，我们的心情是越来越好，希望也越来越强。

等到干草数量凑足，邀约同伴，背着干草，行走 5 千米路程，去到集镇一黄姓人家中变卖。入冬，这些依旧蕴含着香气的干草便成黄家牛儿的果腹之物，有了食物的牛儿才有力气为黄家人拉货挣钱，而拿了钱的我们则兴奋地周而复始地扯青草、晒青草、卖干草，整个暑期总嗅着青草香欣欣然地过。一分钱一斤的干草剥夺了我们整个的暑期生活，因了它，暑期后就能继续回到课堂。

两小时后，园子的草被修剪得整齐而井然，根根被刈断腰身的青草直直地肃立着，显出平整的美，而草香也更馥郁，路人依旧惬意地，悠然地过往，谁也不曾注意到它们的疼与香是如何散发，随后又将如何的生长……

我却知道：两日后，齐整的切口上，又将生出新的嫩芽。不久的将来，茵茵的青草又将铺满整个家园。

节令孕育的清香

农谚说：谷雨时节好插秧。

此季，雨量充足空气湿润，是栽插秧苗的最佳时间。农家人早早将另外的田块翻犁耙平，并施足农家底肥，才挑着箩筐惬意地来到育秧苗的田块。他们把秧苗连根拔出，成束成束地用谷草绳系好，平整地放于箩筐，挑向早已有插秧把式守候的地方。

眼见秧苗到来，把式们欢畅地一拥而至，大把大把的秧苗拽在手里，一束束向田中央扔去。然后脱鞋下田，量好窝距与行距，躬身，让身子与水面基本保持在平行，再一手拿着秧苗，一手五指并齐，飞快地向带着浑厚的泥中插去。这样的动作机械而紧张、欢快又重复，人不断向后退行。腰酸了，腿胀了，手指麻木了，把式们是全然不顾，只偶尔站直身子。看着散布于面前星罗棋布的嫩绿，嗅着淡淡的泥土芬芳，吸着清新的禾苗气息，忘却了累与苦，欣慰地笑了。于是用沾满泥土的双手轻拍着酸胀的身板，随后又继续着那机械的动作。天近黄昏，嫩绿已布满眼前，人便退出田块，站立于田坎之上，瞅着眼前的绿，浑然中吐露出生机。长舒一口气，方拖着僵硬的身体走到田缺旁，就着浑浊的水洗了手脚，扭动几下僵直的腰身，向家门走去。

秧苗继续成长，再生根再分蘖，再青葱，农家人是不断前往。

到了立夏，这时的农家人又喜又急，喜的是雨水充足了，温度升高了，正是秧苗猛长时节。此季草木葱茏，气温适宜，偏偏这样的时节万物都喜好，虫子、病害也活络起来，时不时来造访。于是又心急火燎地来到田野，不错过秧苗任何一个有异样的细节，花尽着自己的心血，无微不至地照顾着这充满希冀的田园。

日子悄然地流淌，秧苗从抽穗、扬花、灌浆到谷粒饱满再经风遇雨般到成熟，历经了小满、芒种、夏至、小暑、大暑。等到立秋过后，香气已在田野散漫开来，满田已是黄澄澄惹眼，远远望去，大片大片的黄入浸心田，这样的黄强烈地把农家人的希望点燃。这时的农家人，又奔走于场镇与院落，购置着收割的什物，挞斗、筐箕、谷箩筐等，尽管满脸淌着的是汗水，但脸上是"嘿嘿、哈哈"的笑得欢。

选定一个日子，携家带口，扛着挞斗，挑着箩筐，来到稻田边。女人们不等喊口令跳进田间，吸一口稻子的清香，便弯下腰，摆出架势，一手拿镰刀，一手抓住禾秆，在离地5—6寸的距离，然后稍用劲一旋，成束的稻穗温柔地泊在女人怀里，而留在田间的稻茬显现湿润的严整，散发出幽幽的沁香，又悄无声息的一点一点向后退去。女人们掂着手中稻穗的重量，嗅着稻子清冽的郁香，满嘴的欢欣话语，满眼的笑靥可掬。抹去脸上的汗水，"咯咯"的笑声响彻田块与山间，等到说够笑够，方小心地把成束成束的稻穗，架放于稻茬与稻茬之间。男人在女人准备好的稻穗中穿梭游走，踩着挞斗的印辙，转动着手中的稻把，只见呼啦啦的饱满谷粒从手中欢快地奔向挞斗底端。谷粒越集越多，越来越沉，当挞斗在男人手中拖不动的时候，就找寻一阴凉之处，起斗撮谷，整挑整挑的谷子，倒在院中的晒坝，顷刻间院落与田野之间散发着稻谷的清香。

田野里的黄是越来越少，稻草垛却越来越多，越来越高；草香也越来越烈，越来越醇；农家人的脸是越来越黑，越来越瘦；可他们的笑却是越来越甜。

待田野的黄完全隐去，农家人的院落却是清香得厉害。院坝里的稻子散着香，屋檐下的稻草贮着香，农家人的炊烟中飘着香，农家人的碗中流淌的是稻米的清香。这样的香，持久而深远，如潺潺流水滋养着农家人。不知不觉，这样的香从广袤的大地穿行于城市与乡村，游离于山间与都市，从秋到冬，再从冬到春，周而复始地彰显出 24 节气的韵致。

香气不断，期盼不断，无论农家人遇到何等的艰难困苦，这样的香总会无休止地散发，清冽而甘醇，伴着农家人的希望慢慢升腾。

绿，是为生命而绽

午后，临窗而立，脑海一片茫然，目光慵懒地扫射着窗外的风景，如傻子般，呆呆地。这样的独处于我倒有几分喜欢，也是偶尔放松的方式。

绿，一种跳动着生命活力的颜色不经意撞入眼里，立刻润浸着整个眼帘，进而缓缓地漫延，溢进心田，滋润着身体每个细胞，每个毛孔，随后从身体里彻底迸发，令整个身心清爽而惬意起来。人也来了兴致，努力地搜寻着眼前的绿。这仲夏的绿啊，清丽雅致，宁静恬淡，仿若生命的见证物，便惊叹起眼前的绿来。这是怎样的一种绿呢？她们毫无保留地、潇潇洒洒地向两旁延伸，葱绿着每个生命体，也延续着自己的命运，更惊叹起她们的高尚。看，眼前的树无一例外都由几根枝杈从容撑起一簇繁密的树叶，如缭绕山丘间的细云稠密，片片叶都积攒着绿，绽放着绿；枝条也婆娑飘逸，似一把把巨伞，成排成排地守候在人行道上，如守护路人的士兵。树与树还手挽手，裙摆连裙摆，我中有你，你中有我，体现出"一身洁韵秀天真"的曼妙。树冠下的人行道上，路人悠然过往，全然需要这绿阴的庇护，又全然不知她们的艰辛与痛苦，而我却有些许的感伤。

　　这让我回忆起春天来，那是草长莺飞的季节，万物皆在苏醒，正是春姑娘呼风唤雨般跳跃时，树也积聚着能量，在努力萌发之时，却在忍受着一场剧痛，遭受着一场劫难。本已枝繁叶茂的她们，那婆娑迷人的身姿却被无故地卸载，只留下支离破碎的几枝树杈，艰难地支撑着伤痕累累的身体，还美其名曰"造型"。那该是怎样的残害，又是何等的无情与杀戮？看着就让人愤怒与心疼，一种来自心灵深处的悲痛流泻而出，常担心地对同伴说：好好的树枝怎么这般地砍伐！但树却坚强地忍受着疼，对人们的肆意凶残全然不顾，便把疼也忘了，仍坚守着自己的职责，又努力地修复着受伤的躯体，努力地分枝繁叶，青葱着每根枝干、每片树叶。在风儿来临时，青葱的枝叶弹奏着快乐，坚持不懈地积攒着绿生长出绿，努力荡漾出生命活力。不久，一件全新的美丽衣衫织锦而成，她更为婆娑迷人，裹藏的身姿越加的袅娜多姿，绿在她们身上展示得更加完美和谐。

　　此时，正是日头当顶，翠绿的巨伞极力张扬着，葱绿着每一个受庇护的软弱生灵。看着树下来来往往的路人，他们东蹿西跳想要躲荫的滑稽相，更让人想到：看起无所不能的人类，表象上是多么强大，实则是多少的渺小。躯壳深陷在尘世，努力伪装强大，灵魂又那么固执的向往着庇护，向往着无尽的高远。

　　想到这里，目光又不知不觉被眼前的绿牵引，跟随她们，心似乎得到片刻的超然……

漫舞的雪花

　　雪，悄然裁剪着被冻 16 年的冰绡，如花似絮般，傲视冬寒，冲破夜的阻挠，借着晨曦的灵韵，从高空舒展开纤柔的裙装漫舞而来。

　　"撒盐空中差可拟，未若柳絮因风起"，这样的雪，是在人们期盼中姗姗来迟。在南方，雪是不易造访的。多年过去，人们总是在期盼、失望，再期盼再失望的静候中，周而复始地等待着，可雪依旧是与寒抗争着，被牢牢地封存起来。而今，漫天的雪花，像一只只白色的精灵，汲取着大自然冬的灵韵，恣意地嬉戏玩耍，魔术般点缀着冬的清凉和冰洁，之后从半空飘舞而来，世界顿觉静谧得曼妙。儿推开窗，看到这美妙的境界不无惊喜地喊叫起来："下雪了，下雪了——"我激切地推开窗，远远瞥见半空而来的雪花，轻扬着"六出"的裙衣，美妙、乖巧，将冬的世界装点得美丽素洁，此时再多的形容词都显得很苍白，唯一个"美"字了得。的确，这样的境界，对于一个思想活跃的少年，从呱呱坠地的那一刻起，第一次见到这美丽的景象，除了激动、惊喜之外，此时最想做的是什么呢？一定是冲出家门投身到雪的世界，尽力地感受冬雪带来的清新与美丽。如果有积雪，将欢快地堆积成雪人，畅然地凌驾于寒之上与冬上演一曲冬之韵吧。

多希望这雪能厚厚地积起来。

拿着雨伞，走出家门，投身雪的世界，冰凉的冷切入肌肤，已全然不晓。淅淅沥沥尤盐的雪花从空撒下，溅在丝帛般的伞朵上发出细微的清脆声，让人明白雪花已经陨落，她生命已进入终结。

但眼神凝视前方，雪花依旧在飞扬，唯见轻歌漫舞的雪花顶着冽凛寒风，轻盈、纤巧，似狂轻舞，似语轻歌般从容、洒脱、镇定地在舞蹈。即或，落在树丫间、行道旁、路人身泯灭成水，也义无反顾、在所不辞。哦，雪的洒脱很似来往的路人，在冬的寒冷中，毫无胆怯地，从容，镇定，一路向前。

伴着飞扬的雪花，将自己包裹于雪之中，不紧不慢地走着，留下雪在身后不知疲惫地舞着，融入冬的高洁与悠远，驱走寒的萧瑟与苍凉。

端坐桌旁，心仍系着窗外与寒共舞的雪。站起身，不放心地，双眼随雪花的陨落而搜寻着雪的踪影，惊叹雪的淡定与从容。一小时，两小时过去，雪终于战胜了寒，房檐下，枝叶间，瓦砾堆……凡是未被路人践踏的空地上，醒目地铺上薄薄的一层银霜，洁白而晶莹，泛着银光向人们昭示冬的瑰丽与典雅，展示着雪的坚强与不屈。

的确，寒是战胜不了自信、坚强而又乐观向上的雪花的。

又见冰雪情

在南方，人们对雪的渴盼，仿若饿极的婴孩盼乳汁一样，痴迷又急切，总希望一觉醒之后，漫天的大雪悄悄来临。

下雪时，雪地高洁与安宁的境界，让世界呈现得空灵与静美，让人向往与倾慕。可是生于南方的我，与冰雪世界早已久违，这样的期盼年复一年。农历羊年尾声时，我生活的城市陡然降临甲子年间最盛大又空前的一场雪，霎时，让久未亲临冬雪的故乡人惊颤颤地慌了神。

早间，还未起床，就听得夫在客厅尖叫："下——雪——了！"，我一听，赖床不想起的懒惰思想一下被击碎，翻身坐起，骨碌碌地下床，衣衫不整地奔向窗台。

雪，铺满世界，洁白洁白，密密地厚厚地积压着，晃动着眼。目光所及的视野内，全是皑皑白雪，远处的楼顶，近处的道路，停车场的车顶，小区的那些黄葛树、蜡梅、茶树、棕榈树等乔木灌木，都没了平时分明的线条和弧度，取而代之的是雪白的固状物。雪，早将它们封存得透不过气，似雪柱，似莲盘，似蘑菇顶，似冰凌，似一朵朵絮絮飞舞的棉球。有些迫不及待地，想让人们来采撷。

小区内凡是未被人踏过的地方，都是亮莹莹的白，一下让人生就北国风光的静美来。

如此美妙景致，怎能家中虚度，投身冰雪的世界，尽情燃放爱雪之情。转身回到书房，找出相机，撑起雨伞，急急地走出家门，走出小区大门。

路上、街上，依旧是铺满着白，然后是穿得厚笨如企鹅的人们，个个脸上露出喜悦的表情。三三两两，成群结队，踏雪、拍照、嬉戏打闹，完全不见极寒天气的萧瑟和沉闷，取而代之的是热烈与兴奋。

很快来到市民文化中心，宽阔的广场上，与堆积的白雪相映衬的是成堆的人群，他们在雪地，在树下，在房前，尽情地玩着雪。滚雪球，堆雪人，打雪仗，该有的激情，都在雪地中欢快地释放着，上演着雪美人欢的喜庆。选好角度，除了观景，就是拍照。拍树，拍花，拍房，拍披着厚厚雪衣的大红灯笼，拍人们的打闹，拍冰雪天大道上小心翼翼行进的车辆，还拍石头缝中一撮撮洁白洁白的絮，真想把雪世界的一切都拍到镜头里，永远收藏着这份来之不易的惊喜。

雪的世界，温情且美丽。广场上一对母子围着堆积的白雪公主欢畅地玩着，母亲年轻美丽，孩子幼小乖巧。母慈爱，手把手地教着孩子捧雪撒欢。孩子力小，动作笨拙，雪捧手间撒不出去，一下撒到自个脸上。佯装的哭声，可爱又滑稽，把母亲逗得咯咯地笑着。接着母亲用冻得通红的手掌一下一下拍去孩子身上滞停的雪渍，随后亲亲粉红的小脸，俯身一个拥抱，孩子立即破涕为笑，进而母子两人哈哈地大笑不停。那祥和，那开怀，那份释放欢乐的情感，都是无法抵挡住雪的诱惑，连幼小的孩子亦能如此，可想姗姗来迟的雪是多么多么让人珍爱。

"那里的雪还没被破坏，去那边拍吧！"夫的声音传进耳朵里，一下扰乱我凝滞的目光，回头见夫站在身旁。顺着他手指的方向，前方上百米的地方，广场的绿化地带里，那些常绿植物上，雪还厚厚地积着，也许正等着我俩去欣赏。于是，我与人两人躲开喧闹的众人，享受着冰雪掩盖卜的宁静。夫给我拍照，我给他拍照，微距、广角、大场景、特写，相机"咔咔"响个不停。拍完照，也玩雪，清新高洁的雪世界把两个不再年轻的人的心境拖至童真的时代。

一上午很快过去，正午时分，天上仍在雪花飞舞，雪依旧是这个世界的主角，积压着群芳，没有融化的痕迹。

当我手捧一个洁白无瑕的雪球时，干净清凌的冰凉透过手指末梢神经传达大脑，瞬间洁净与完美的思想浮现出来。雪，人世间的精灵，此乃自然赐予人类的礼品，因了她的美丽与素雅，因了她的高洁与不染纤尘。

这是一个和美温情的世界。

老街的黄葛树

故乡，有一条被黄葛树遮掩的老街。

老街前身据说是古驿道上信使歇脚的地方，称"驿站"，天长日久，慢慢才形成一条长长的街道。老街是十里八乡唯一的场镇，地处交通大动脉成渝公路边上，远可眺成渝铁路，时时能闻见汽车的喇叭声和火车的轰鸣声，交通十分便捷。

老街的一个入口从山凹的底部顺势蜿蜒而上，上坡，横亘，再下坡，环绕着整个山腰，约摸两三里地那么远。

老街住满了人家，其房屋为明清时期穿斗串架壁结构，临街一面大都使用窗式的木板门铺面，其后就那么三两间房屋一大家人拥挤地住着。间或遇独门独户，这样的住户往往是从一个不起眼的门道进去，跟着一条长长且窄窄的走廊，就会呈现一片宽阔的天地，里面会是一个气派又古韵浓郁的四合院。院里置三两棵树，偶或耸立一棵参天大树。不管树的大小如何，姿态怎样，这些树，都有一个共同的名字——黄葛树。黄葛树的枝枝丫丫，形成一个个庞大的树冠，将老街清一色的青灰瓦片遮掩起来。若隐若现的瓦片由高向低一片接一片地铺展开，层层叠叠，错落有致，瓦片尽头直向各处院落的天井口和街沿边，间或直接滴落到黄葛树干。瓦片，泛着碧翠抑或幽蓝的青苔，在绿茵茵的树冠陪衬下，陈旧的历史迹象，不知不觉传递出来。

从家的方向而来，未进入老街之前，必穿行于一条宽长的斜坡，这条斜坡就是连接老街与成渝公路的纽带，长约一百米，且还有一个很响亮的名字"猪市坝"，为老街最活跃最繁荣的地带。猪市坝还有一个最显著的景观，就是黄葛树。穿过猪市坝踏进老街口，首先得从 5 棵大黄葛树间经过，它们均是明清或更早时期栽种的古树木。这些黄葛树茎干粗壮，通常都得三五个成年人手挽手合拢才能合抱；其树形奇特，悬根露爪，蜿蜒交错，稍不留神就穿行于老街某一处人家的房檐下，院落间；其枝杈密集，参天耸立，姿态万千；茂密的树叶泛出油绿的光亮，清悠雅致，古韵盎然。老街的人们，通常在集市散尽，老街沉静下来之后，拖几把竹椅，摆在黄葛树下，喝茶聊天，下棋逗乐。尤其是夏天的黄昏后，手拿一把蒲扇，往三五几张躺椅那么一躺，悠哉悠哉。故此，黄葛树是老街人们忠实的伙伴，也是老街不可缺失一道亮丽风景，更是老街人来人往的见证。

老街的学校，处老街中部，也是最高处。其前身据说是一所洋人学堂。整个学校构造为一大四合院，两边并排着多间教室，学校内也栽种着很多黄葛树，几乎将整个校园的建筑庇护起来。这样的环境清悠迷人，的确是读书学习的好地方。从后门出，为一大操场，操场周围也是被黄葛树包围，投身操场，简直就置身于绿阴的遮蔽之中。

老街的黄葛树到底有多少棵，也未确切地数过。只知道在夏天，无论你从那个角落踏进老街，都会被一阵清新的树木气息感染着，被浓浓的树阴遮挡着，整个街道沉浸在黄葛树清新诱人的润浸之中。

佩服祖先的远见卓识，他们总会在恰当的地方，栽植起黄葛树，院落中，坝子边，狭缝里，拐角处，乱石间，使其茁壮成参天大树。

　　如若从老街的空中俯瞰，那绿阴阴的华盖和枝蔓，定会成北斗状地把老街的轮廓明晰出来，堪比信使的指引，把老街人们的生活从祖祖辈辈延续到今天。

为爱留一盏灯

前两年，老家成立经济技术开发区，土地被征占，许多高新企业纷至沓来。家乡人们被迫离开土地，离开生活了一辈子的家，搬进离老家二十里远的一座小城。

这座城里居住着我们，年迈的母亲老有所依，理所当然地与我们住在一起。毫无思想准备的母亲和老家人们一样，匆忙进城，匆忙接触与农村截然不同的新生事物，匆忙开始新的人生。

大半辈子在农村生活的经历，让母亲的生活方式根深蒂固，与我们的生活节奏严重不吻合。为尊重母亲，我和夫在保证她的安全、健康状态下，一切顺从她的意愿和选择。晚上六七点，母亲在外玩耍不回家，我们都依她；早上六点，起床后无所事事，弄得到处乒乒乓乓，我们只好捂住耳朵，全当没听见，闷头假装睡懒觉。由此，经常我们吃晚饭了，她还在外面游逛；周末我们想补补瞌睡，她一大早起来直叫唤：太阳都晒屁股了，还不起来……早起晚归的生活习俗，已成母亲骨子里的定律。

以土地为根的母亲就这样在城里生活了一年多，没有土地耕种，又

162

找不到事做，融不进城市的生活，仿佛她的精气神也耍没了。不习惯、不习惯，常成母亲的口头禅。突然有一天，母亲说，还是想回农村去住。可老家田地被占，房屋被推，想回农村去，谈何容易。好说歹说，终于她不提回农村了，我们正高兴她想通了。一个意外发现，让人惊掉大牙，她居然回老家种地去了。

二十多里地远，来来回回腿都要走软，外加，劳动的艰辛，让她一个年近八旬的老人情何以堪？我们搬出了理由，举了无数的例子，比方也打了不少，就只有一个愿望，别回老家种地了，就在家里，看看屋子，享享清福。执拗的母亲哪里听进一句劝，依旧我行我素地走两个多小时的路，回到老家去耕地，到下午四五点，折返，再走两个多小时的路回到城里。一天几小时耗费在路途，费时又费力，世人都认为母亲这是多么愚蠢。可，不识字的母亲，不懂什么大道理，也不会计算时间成本，更不会讲什么经济效益，明明就是费力不讨好的事，可她到好，越走劲越大，越做兴趣越浓。

实在没办法改变母亲的决定，我和夫只能摇摇头，叹叹气，随了她去。

原来以为母亲种地只是做做样子，哪知她的耕种，并不是敷衍了事。依然如在农村时那样，所有的锄头扒梳背篼箩筐，凡是农业生产用的工具，她都备齐。问题又来了，那么多农具，安放也成一问题。想来想去，就和夫商定，在城郊接合部农民出租的房里，花上几千元钱租了两间屋子，放置农耕农具完全不是问题。我们正在想这个问题算是解决好了，母亲应该不会再折腾了。哪想到，母亲在出租房里，辟出一灶台，煮饭的所有工具，又上街统统办齐，誓有在此安家落户的打算。阻挡是不可能了，母亲一旦决定的事，九头牛也休想把她拉回来。我们劝说，这个地方煮饭吃，哪比得家里。母亲说，平时我们上班了，家里就留下她一人，不习惯，也没说话的人，这个地方虽然简陋些，但周围都是租房的人，开门即见，相互间还有个照应。这样，母亲时而在出租房自己煮饭吃，时而在家吃，全凭她的兴起。

拗不过固执的母亲，她愿意怎么生活就随她去，只在平时上班里，时时挂个电话，问问她情况。偶尔下班早，用车去接接。遇到挖红苕、掰玉米那些收获季，我们就去坡地帮帮忙，当当搬运……尽管母亲栽种的大多数东西搬运回家只是摆设，放置一久就成一堆垃圾，母亲却乐得这样折腾，却折腾出了精气神。

爱土地，爱劳动已然成母亲的精神支柱。

母亲重返土地耕种，也给我们带来诸多不便和诸多事务。我和夫都忙于工作，早上出门，临晚才回，家里很多事情解决和处理，我们都放在晚饭过后的时间里。一遇外出办事去，又恰好母亲还未回，我们都会把电灯开亮把电视机打开。母亲一回家，走进小区的大门，抬眼一望，从阳台的灯光里，就会感觉到家在那里，心中自然拥有一份温暖。钥匙开进门，电视机里的画面和声音，让她也能感受到一丝丝的慰安。

母亲老了，她的思想有些固执得僵化了，但她需要的爱并不会比任何人差。孝顺孝顺，"孝"不如"顺"。迁就母亲，如愿母亲，就是我们对母亲最大的孝顺。

父母恩情似海深，儿女孝顺如山重。为爱留盏灯，也就为爱多打开了一扇门。

第五辑　幸福·悠漾

从小河向外走，就是远方，那里有辛酸，有失败，有成功，有欢喜，有诗，还有画，更有道不完的幸福生活。离开故乡，在一个小城里，又出现了一个新家，于是新的炊烟又袅袅升起……

炊烟升起幸福来

早上六点起床，一阵手忙脚乱，我们便向四川光雾山进发。

立冬前的巴山蜀地，天刚蒙蒙亮，车窗外的风物，仅若隐若现。车过巴中时，天明亮起来，原野的村庄，很安详地躺于大地之上。

经过一夜的洗礼，村庄除了安静，就是干净。干净的天、干净的树、干净的空气，仿佛每一次呼吸，都能沁心润肺，感觉很清爽。云彩不知躲哪儿去了，污秽的悬浮物也悄悄藏匿起来，大地和天空，浩大无比，没有遮蔽，没有喧嚣，村庄显得明丽清秀。

渐渐地，村庄里一幢幢漂亮的小洋楼里，缥缈起丝丝缕缕的青白色烟雾，我知道，那是农家灶房冒出的炊烟。这样的炊烟，飘荡在巴山蜀水的丘陵峡谷和农家房舍那些红瓦白墙间，就那么掰扯开，倏地不觉间消散。乡村有了炊烟的味道，有了锅碗瓢盆发出的声响，有了饭菜的清香，继而家的温馨就在饭菜的香气中聚集、醇厚、温润。

这种温润，凝成一股气息，有母亲体液的幽香。仿佛，故乡就在眼前，家就在小河边，土墙房内的欢笑声就在耳廓中，母亲就站在灶屋^①里。

儿时，特别想吃母亲煮的饭，尤其是到天快黑时，总想看到母亲在灶屋忙活。只要看见母亲的身影，像一下注入兴奋剂，一种幸福的感觉立即包围过来，美美的、爽爽的。可一年365天的时间，总有350天以上的时间会让我们失望，母亲进灶前忙活的机会少之又少。每每看见院里邻居家一到吃饭时间，全家人就可美滋滋地坐在四方桌上吃饭，我们就无比羡慕地充满惆怅。

其实，母亲并非懒惰的人，她又何尝不想煮饭给全家人吃，哪怕煮的是粗茶淡饭，苞谷粑，清稀饭……可一家五口的生计，全落在母亲的肩。起早贪黑，时时处处，她都要紧跟生产队的出工号角，出全勤，肩挑背扛，干又脏又累的活，这样挣的工分，才不至于让全家在本就贫困的泥潭里滑得更深更远。

这样，我们想吃母亲亲手煮的饭，根本就是奢望。大哥，二哥，我和妹妹，贫困的生活，过早地让我们肩负起家庭的责任。除了挣工分以外的所有家务事，全是我们四兄妹分担。二哥煮饭，大哥挑水；我会煮饭，二哥挑水；我挑水了，妹妹就会煮饭，阶梯式的传递，让我们四兄妹都是在六七岁就可站在板凳上煮饭洗锅刷碗。母亲，则总是在田地上劳累奔波，为我们一家的衣食饱经风霜。

尽管我们多么希望吃上母亲煮的饭，但厨艺不精的我们煮出的东西，哪怕是夹生的饭，未煮熟的菜，一家人围坐一起，也能吃出香甜来。父亲离世了，有母亲陪在我们身边，她勤劳、坚韧、任劳任怨，对我们施予了无私和关爱。

母亲在的地方，就是家。有母亲的地方，就有了温暖。

母亲在时，家里的炊烟总能升起，尽管炊烟袅袅中，烹饪的是能照

---

① 灶屋，川渝地区农村的厨房。

出人影的清稀饭，别人当零食吃我们却用以填肚的嫩苞谷、蒸红苕……但幸福和希望的苗芽总在心间萌发。

一家人吃饭的八仙桌，常常是母亲教导我们的课堂。一字不识的母亲，嘴上讲不出什么大道理，却知道仁、义、礼、智、信、忠、孝、悌、节、让。她的理解尽管肤浅，教导我们却很特别，叫我们要认真读书，多帮助别人，遇事要忍，在外要知礼知节，不能让别人指着我们的脊梁骨说是没爸的孩子。

有了母亲的言传身教，应着那句"苦命的孩儿早当家"的名言。我们自己煮饭吃，自己捡煤渣卖了钱缴学费，哥哥们编篾器卖了订报刊，去河边摸鱼解决嘴馋，到十几里的大山砍柴回家当柴火……不管多累，夜晚，堂屋的八仙桌四方上，端坐着我们安静读书的脸庞。甚至，慢慢地，全国报刊的版面上，有了哥哥和妹妹的诗作发表。

母亲在变老，我们在成长，一切正按母亲希冀的那样，小学毕业考进中学，中学毕业考上大学，以一棵根正苗红的嫩苗，向着理想的高度拔高。

很快，我们离开故乡到了城里，炊烟的味儿，在新的地方升起。我们时常想母亲做的饭菜，想念那些土墙屋内的欢笑。遇节假日，携家带口，回到母亲生活的地方。独居在故乡的她，老远望见我们的身影，长满皱褶的脸瞬间笑成一朵山菊花。母亲佝偻着腰身，在灶房转悠个不停，不久，炊烟的味道中，有着老腊肉，新鲜蔬菜，土鸡蛋的馥郁醇香，那些快乐幸福的分子，正从屋顶的炊烟中向田野上飘荡……

临近傍晚，旅游大巴抵达光雾山，满山遍野的枫树在寒冷的风中摇摆，送来阵阵艳丽的色谱，这是枫叶已达成熟的标志，它们正以火焰般的热情，欢迎我们这样的旅人。偶有农舍升起的炊烟，在红枫的稀散下缥缈而迷雾，这样的景致有着美妙的视角享受。而此时的农家，正在享受着佳肴。或许红彤彤的灶膛旁，依旧有着一张母亲那样的脸颊，她家的孩子，也在享受着美食的诱惑，那些红瓦白墙小洋楼内，同样有着幸福的一家。

温馨的鲫鱼

鲫鱼，在故乡的小河、水库、冬水田中，随处可见，体型小，食性杂，生命力顽强。每遇洪水季，我们就会去河里和水田捉鱼，而捉到的鱼，大多数就是可爱又调皮的鲫鱼。

将活蹦乱跳的鲫鱼带回家，母亲是极度兴奋和欢喜的。她先是吩咐，后是到院坝边摘紫苏叶，我们四兄妹则分工明确地做着烧鱼的准备。通常我会烧旺柴火，两哥哥剖鱼，妹妹跑前跑后欢快地听着使唤，一家人热热闹闹的。这也是肠胃未有荤腥滋养，最让人欣喜和慰藉人心的事。每每遇到类似情况，家里像过节样盛满了欢乐和喜悦。

全部工作准备就绪，我们就眼巴巴地盯着锅里，静观母亲又一场盛大又隆重的烧鱼仪式。

母亲烧鱼的方式，源自外婆，有着祖传的手艺。

通常，母亲会将大盆的鲫鱼分拣，按个头大小分成两半，个头稍大点的拿来红烧，个头稍小的就拿来熬汤。

最隆重的是烧鱼。烧鱼的首道工序是先将剖好的鲫鱼烙成两面黄，这种"两面黄"，称"锅巴鲫鱼"。锅巴鲫鱼的关键是"烙锅巴"，过程得讲究方法，鲫鱼烧得好吃不好吃，就看这一步的成效。在油荤严重不足的时期，既没色拉油、调和油，更没橄榄油的时代，一切煎、炸、焖、煮依靠的油脂都是过年时扣留下来的那点猪油，而烧鱼又是个费材费油的"奢侈"享受。能否用少量的猪油烙出体形完美，色泽金黄的"两面黄"来，除了火候，还得有时间把握及手法使用的讲究。否则，烙出的鲫鱼会粘贴在锅底导致烙烂、烙焦，色泽不均，烙不出完整的体型和该有的香气。其次才是将烙好的鲫鱼加适量水煎煮的问题，作料则是母亲在屋后摘取的紫苏叶，自留地里挖来的老姜和葱蒜。母亲说，紫苏叶起着去腥提味的功效。

烧鱼需要旺火，就在烧柴的大柴灶进行。一口大锅架于灶上，将锅洗干净，并烧得热辣。为使干涩的锅底泛出细腻来，以减少猪油的用量，就选取一把干净的麦草梗，挽成束，成扫帚状，用麦束飞快地在锅内刷一遍，也不知麦梗上是不是真如母亲说的有油脂，反正麦梗扫荡一遍的锅底，此刻泛出光亮，锃锃的，而麦梗则顷刻有了污渍，黑黑的。随后母亲在本就不多的猪油罐子里舀出一小勺猪油下锅，并用勺子飞快地沿着锅边转上一个圈，白色的固状猪油在热量的骤然催生下熔化，锅内也瞬间有了一圈油浸斑斑的湿润，这圈湿润则差不离正好是所有鱼平铺锅内所占用的位置。不管家里油多油少，每次母亲的做法都如此。

等到哥哥们将分拣好的鱼端上时，母亲就把一条条还在吐着鱼泡痛苦跳跃的鲫鱼放到烧得热辣辣的大锅里。瞬间的贴烫，一下刺激了鱼儿们，本能反应让它们做着拼命挣扎，妄图通过自己的搏斗有一线生还希望。可当希望变成泡影时，鱼身早在热量聚积下，全身由浅灰变成黄竭，随颜色的由浅到深，继而热量穿透焦黄的鳞片，达到鱼表皮，香味也慢慢飘浮。这时，母亲极有经验，也极其镇定地用筷子夹着鱼的背鳍及腹鳍，将每条鱼都翻一个面，将烙好的一面朝上，未烙的一面向下紧贴锅底。有时，我们兄妹站立灶边，目不转睛地盯着母亲一举一动，着急时，生怕母亲动作一慢哪条鱼就会烧焦，可母亲却并不担心，总能恰到好处地把每条鱼都安置得妥帖恰当。鱼很快烙成两面黄，鱼香也在整个土墙屋内弥漫。更浓烈的香味还是在母亲将准备好的紫苏叶、生姜颗粒、干辣子段，一齐下锅加入适量水煎煮，5分钟后，水即将烧干却未干之时，处恰好收汁的当头，母亲一手端盘，一手执锅铲，手起鱼离锅，红黄紫之间，一条条外酥里嫩又香气浓郁的，农家紫苏烧土鲫鱼就摆在我们面前。香气弥漫，喜气也在弥漫，温馨和美好也清澈又亲切地萦绕在我们身上和心上。

烧鱼做好，另一锅内的鱼汤也即将熬好。在母亲用大柴锅烧鱼之时，另一只烧煤的碳锅也同步紧锣密鼓地干着熬鱼汤的工作了。半锅水烧开后，放入适量盐、姜丝、葱段，再倒入捡出的小鱼，随大柴锅紧张有序的烧鱼过程，鱼汤也在慢慢地自我醇厚，不足半小时，汤白鱼嫩，便成就出一大盆鲜美无比的土鲫鱼汤来。

静观母亲烧鱼仪式的次数随秧苗栽插、分蘖、抽穗至收割，就时而伴随。甚至有时，遇涨洪水，门前小河的水会漫过河堤，溢进院子前面的那块大田，鱼虾也随洪水的溢入而进到田里。每遇此情况，周围院子的人都会赶来，各种捕鱼工具一齐上场，门前的大田里，将是捕鱼大战场。

既会水又经验丰富的俩哥哥，通常是这场捕鱼大战的获胜者。每遇此种情形，我家会有丰收的景象，我们吃鱼的次数就会成倍地增长，母亲做鲫鱼的方式也会多种多样，煎、炸、煮、烧……无论用哪种方法烹饪，土墙屋内的香气都会持久弥香，而快乐和温馨也会持久漫长。

加油，儿子

儿子初三了，马上面临中考。最近想了想，应该好好陪陪他，就把论坛上的斑竹辞去，也同时把多个文学群退了，只想静下来。

昨天，儿子把这次模拟中考的成绩报告出来，总共680分，听后我还鼓励性地说了几句话，但内心还是有点担忧，这样的成绩要想上一类重点，实在有些悬吊吊。为不让孩子有压力，我还很高兴，也很轻松地对他说：儿子，好样的，非常不错噢。

儿子很优秀，身高一米八。十足的帅小伙，五官也端正，标准的小男子汉脸，稚雅、憨厚但又略显沉稳。虽然年龄小，却极有思想，思维也缜密，尤其喜欢军事和经济类，放学回家就看电视或是上网听音乐查资料。孩子的课外知识多从课外读物网络媒体摄取，看的电视多是纪录片、新闻和军事栏目类，有时也看看动画片。对什么问题都能提出自己的见解和主张，有时觉得比我都强，想起便欣然。孩子爸有时还玩笑地问：以后想从事什么工作，我看你从政还行。孩子答：我才不想，你们也别给我找工作啦，我自己去找。他有自己的理想：长大当军事科学家。

我和他爸说这是瞎想。但转念一想，有个瞎想总比没有思想强。

孩子很朴实，没有攀比心理。在学校，见同学玩手机、穿名牌，从不提及也不想要，买衣服时也只是一句话：随便。但穿衣有个要求，喜欢穿得松套的休闲服。也从不比谁家庭条件好。遇到弱势群体时，就表现出同情心泛滥，心地很善良。

孩子很有凝聚力，人缘好。在学校，同学都喜欢追随着他，围着他侃，听他侃军事、侃国际国内的大事，自己在校还自作主张地订下《军事报》。虽说他的侃法似有几分稚嫩，我相信定会慢慢地成熟起来。

孩子不算勤奋，人也不算聪明。在家一般不爱学习，偶尔表现好时，也只看见做老师布置的家庭作业，都是草草了事。我与他爸从不给加负担，让他玩。到了周末时，总是飞快地跑出家门，大半天不见人影。有时骑骑单车当娱乐，有时可能上网吧游戏也不一定。在家，他玩得有顾忌，于是就躲网吧尽情地过瘾。呵呵，不过，家里民主制的管理，也随他去。

孩子的理科成绩特棒，文科类就差些。经常听到报告数理化三科成绩考满分的好消息出来，他爸说这点遗传了我。语文和外语相对好消息就少了一些，这也是由于他的随意性导致，不爱记单词，不爱背生字，有次与他老师交流时，还提到：让老师加强监管。虽然这样说了，可老师事多，班里的学生也多，不可能处处来照顾他。不过没事，作文说得过去，偶尔还能参加市里组织的中学生作文竞赛，也听同学们说起他写出几首幼稚园般的歌曲来唱的事（同学说好听），证明实力还是在那里。孩子是个喜欢报喜不报忧的家伙，理科好点，就喜欢提到理科，而且越加的喜爱理科，文科只言不语，让我和他爸偶尔也担担心。

孩子说：妈妈，给我找些好的文章来。听到这话，我暗自高兴得不得了，孩子有希望。为让儿子能考上理想中的学校，定当效力，于是，也拟定出计划：下班早回家，做他喜欢吃的饭菜；每天上网阅读大量的优秀文章，再选择一至两篇打印出来，拿来他看。我想至 6 月中旬中考时，每天一到两篇优秀文章的补给，视野应该更开阔，思路应该更活跃，应对中考那点事，应该不是问题。

对于中考的事，家里从不提及，在校的学习就相当的紧张，再提，会施加压力。只有孩子自己在默默地奋斗，我与他爸配合着从生活上给予照顾就行。于是一家人，总是心照不宣轻松坦然地迎接 6 月中旬。

但是作为家长，在心里总是替孩子捏着一把汗，同时也希望孩子自己也加加油。

路过幸福

人活着，就很幸福。

踏着时间的节拍，淌过春夏秋冬，伴着欢声笑语，体味酸甜苦辣，拼搏荆棘坎坷，人生路途，漫长而修远。经受的艰难与困苦密布，无论笑过还是哭过，无论欢喜还是忧愁，我们要善于寻找幸福的源泉。

生活中，放眼观察，幸福无处不在，幸福时刻伴随。

清晨，依窗而视，伴着葱绿漫入眼里的是那身材胖胖的大婶，正不紧不慢地沿着林阴步道晨跑。尽管，她身体又臃又肿，我们看到的仍是那平和而淡然，满足与希冀的笑靥。

漫步大街，迎面碰着一身着黄马褂的大娘，清瘦苍老，却精神饱满一路前往。不时将垃圾拾起装入口袋，留在大娘身后的，是满眼的洁净与清爽。在大娘看来，只这样的街面才是她的幸福依赖。

来到商场，一狭小服务亭里，一对残疾夫妇正酣畅地向顾客递送着新鲜出炉的爆米花，在他们眼里，生活就如爆米花，温暖而蓬勃向上。

给予与付出，用劳动换取收获，与贫富贵贱统统不沾边。"与人玫

176

瑰，手留余香"，此时，你会很幸福的。

"感动中国人物"——陆永康，贵州省偏远山区少数民族民办教师，从小因小儿麻痹症，导致双腿膝盖以下肌肉萎缩，不能走路，但他学会了坚强。路途，别人是走，他靠跪。当他20岁意外地成为小学民办教师时，漫长的教书生涯陪伴着他、温暖着他。36年，如一日地跪在讲台上传道授业；年复一年地跪着前行在山间道路，走村串寨做家访。爬山、过河、跨沟，个中的苦难未能压垮他、打倒他，坚持不懈，知难而上，他硬是活生生地"跪"出一条人生之路。教的学生一茬一茬地走了，而他却仍然留在大山深处，在他看来，自己的苦与教人解惑之比，那将会很渺小。苦难给予着他充实的生活，教会了自立自强的品格，让他活得有价值，有朝气，他觉得满足和幸福。

江西新干县农妇周小莲，一个单身农妇，四个脑萎缩孩子的母亲，她用自己的母爱为四个残疾孩子筑起鬼门关的防护墙，让4个脑萎缩儿女闯过30岁鬼门关。曾经生育四个孩子的她，面临前三个孩子均为"脑萎缩"，在第四个孩子也确诊为"脑萎缩，且活不过30岁"时，丈夫经受不住打击忧郁而去。周小莲，却面对残酷的现实，用羸弱的身躯，风雨无阻地用博大的母爱创造出生命的奇迹，让她的四个病残孩子活生生硬当当地闯过"30岁鬼门关"。她的事迹，感动着天、感动着地、感动着千千万万中国人。是什么力量支撑着？——因为她心中有爱。这爱架起责任的桥梁，架起牛的希望，更重要的是她心中激荡着一颗活着就要感恩的心。虽然四个连生活都不能自理的儿女给她带来难以想象的苦难，但她唯一的愿望就是"一定要让孩子活着"。于是，活的希冀给她插上坚强的翅膀，披上稳健的外衣，经风遇雨地伴着她与孩子们一路成长。

生活中幸福的一瞬实在太多太多，感人的事迹也无法一一枚举。生活教会我们，善于从平凡而琐碎的事态中发现和捕捉幸福，让人拥有一颗感恩的心。感动着别人的付出、感动着人间的希望、感动着逆境中求生的坚强、感动着命运不济的不屈不挠。别人幸福你感动着，别人困苦你帮衬着，自己受挫你坚挺着，面对生活你一往无前微笑着，那你时时刻刻就是快乐之人、**幸福**之人。

不要抱怨生活的不如意，不要总叹息生活的烦恼，不要把生活的坎坷耿耿于怀，学会摒弃，善于发现。低下你高傲的头颅，包容世间的瞬息万变，少一份浮华，多一份宽慰；少一些虚荣，多一分理解；少一分索取，多一分给予。泰然自若、宠辱不惊，用心如止水作自己人生的目标，停下你的脚步，擦亮你的眼眸，用你充满爱心与活力的双眼来看待世界，这世界就会无比的缤纷五彩，幸福就时时淌在你脚踝。

唷，儿子

"妈，我的衣服又短啦！"

早上起来，一声惊呼，不用看就明白怎么回事，这事在我们家发生N回啦，也不用咋呼，慢悠悠地走进卧室，笑嘻嘻地问："走吧，小伙子，上街去。"

伸出头在窗外瞅瞅天气，唉，初秋的天气阴霾着，雨纷纷地下，行人沉闷地走，看着平添几分愁绪，温度好像也很低，要寻把雨伞才能出去。

"我俩·人一把伞哈，等会我还得买菜去。"说完我先跨出家门，走到楼道，伞正准备撑开。

"我来。"唉，一个懒东西，一张带着稚气的脸献媚地讪笑着。

走上大街，挽着儿子的胳膊，伞偏向我头顶，"买啥牌子的？"

"随便嘛。"唉，怎么还是那句老话。

我依旧自作主张地直奔一家休闲服专卖店，很快选定位置，也很快选准买的衣服，付款出门。

伞递到我手上，"您回家去吧，我去买菜"。

"算了，今天我去。"

买菜回家，时间尚早，看一会儿电视再做饭，换到中央3台，想瞅瞅《同一首歌》。一张不怀好意的脸凑过来，带着几分狡黠"嘿嘿"笑着。瞬间明白，递过遥控，画面闪到体育频道，没啥新鲜事；再闪现军事频道，没新内容，屏幕一跳，中央新闻频道脸面浮现。唉唉，只好退出竞争舞台，自己找事做去。

吃过午饭，老公回家，儿子兴奋地迎去。一人一张沙发坐下，眼睛瞅着共同的频道，拉开话匣子讨论起世界军事强国来。好没趣，只好快快地一边待着，内心好不郁闷，唉，以前那个总想依附自己的小跟班不见啦，总叫着"妈妈这，妈妈那"的无主见无思想的小屁孩子也不见啦，总想拉着衣襟来比高的小矮个也不见啦，现在偶尔想检测一下他的身高时，总会有一句"刺耳"的话甩出：矮子妈妈比啥高嘛。呵，呵，我一米六五的身高还矮？唉，还好，家里如果缺油、盐、酱、醋、茶、米啥时，总会听到一个声音传来："我去买嘛。"

晚上，开学前的最后一个夜晚，我与他爸照旧要进行新学期前的入学教育，首要话题是面对中学生早恋现象严重的问题。

"帅小伙，有女生追没有啊？"很像玩笑实则认真地问。

"啥子都没有，只有一副躯壳，来追哪样嘛。"从容地答。

"知道怎么做了吧？"

"知道，努力呗。"

听得我与他爸心花怒放，真是立场坚定努力向上的乖孩子一个啊。

看着身高一米八〇的儿子，雅气而不乏沉稳的面容，内心便有些许安然。

唔，儿子，你真成男子汉啰。

米花糖的记忆

提及米花糖，就闻到"荷花"与"玫瑰"的芳香。

儿时，物质匮乏，每到临近年关，在广袤农村，便有走村串户打爆米花的手艺人，一路走来一路喊"打爆米花嘞，打爆米花"，于是，沉静的乡村立即死水微澜，全村的老少爷们都会齐刷刷聚拢起来，纠结着自家打还是不打？手艺人在村里转悠不停，身后一群小屁孩也屁颠屁颠地跟着转个不停，走累了，便找一树下歇息，守株待兔地等候，嘴里的喊声依旧不断。喊着喊着，便听到哪家哪屋里有小孩哭喊或男人与女人的争吵，吵闹声结束，手艺人身边便多出二五几个大人，紧随的钢钵、斗碗、筲箕和瓷碗依次排列开去。

贫穷总会让人失去尊严。随爆米花出笼的声音响起，争抢和打骂声也在贫瘠的乡村回旋，这样的喧嚣母亲天生不爱听，总告诫我们兄妹四人不准去争抢。不等我们开口，母亲便从见底的米缸里舀出一两碗米打成爆米，尔后掺和起自家酿制的红苕饴糖做成米花糖，一是让我们在未来短暂时日里饥饿时能有哄嘴的零食，二来也是春节之时待人接客的见面礼。

这种用草纸包装而成，形状犹如 20 世纪收录机所用磁带的米花糖，我们给冠上"炒米糖"的称号。

一直，都以自家每年能吃着炒米糖而高兴和自鸣得意，认为这就是人间美味！

5 岁时，父亲去重庆江津白沙开会，带回一包米花糖，并兴致勃勃地对我们说：这东西好吃，是江津产的"玫瑰牌"。父亲的话，让人吊足了胃口，那时，由于不识字，对包装盒上"玫瑰"二字不认识，只看到两朵大红花在包装袋上闪烁，这花像极了院坝边栽种的"月季"。后来，知道这花不是"月季"，而是与月季同属蔷薇科的"玫瑰"，由此，知道了"玫瑰牌"米花糖，更知道了"江津"这个地名。

那以后，"玫瑰牌"米花糖，就根深蒂固植于心里，再后来，每每看到有包装好的小吃或者副食之类，就仿佛看见"玫瑰牌"向我走来。

20 世纪 80 年代末，就读于西南农大，班上就有江津的同学，闲暇时，聊起各自家乡的土特产和名吃，我以邮亭鲫鱼为荣，江津同学则以米花糖为傲，我们各自以家乡名吃名胜名人为载体，我吹大足石刻，侃邮亭鲫鱼，聊龙水湖，江津同学则侃米花糖，聂荣臻，白沙古镇，四面山……如此，天南地北地侃，搜肠刮肚地攀比，像做着一场没有评判的比赛，也像写着一个没有结尾的作文，无论是山水地理人文，都成了我们斗法的工具。尽管大足石刻是世界文化遗产，但当时仅停留于峡谷沟壑的崖壁之上，而江津米花糖却已占领了重庆大多数人们的胃，最终，个人觉得江津同学以米花糖的家喻户晓胜我一筹。为此，我也知道了"荷花牌"与"玫瑰牌"同属江津米花糖中的佼佼者，是两大知名品牌。也知道了江津米花糖的出生地是太和斋，其生于 1910 年，而今已是百年"老人"啦。

因对炒米糖的一直喜爱，故喜爱吃江津产的米花糖，每吃一次总要与母亲做的炒米糖比较，最终觉得，两者都是人间美味。母亲的炒米糖像一位村姑，质朴敦厚，有着母亲般的胸怀和慈善，吃起来香香甜甜，温温暖暖，能持久永远地捕捉住我们的胃；而江津的"荷花"与"玫瑰"，则是这片美丽富饶土地培育出的两位娇艳姑娘，大气芳华，有着内敛的胆识，深厚的品质，外表洁白晶莹，肢滑肤嫩，袅袅娜娜，妖娆迷人，光看着，就让人垂涎生香，吃起，酥嫩滑脆，爽口爽心，她们有着荷塘月色的娇柔，更有着玫瑰的清香和浪漫，尤其是那相依相伴的漂亮衣衫，像母亲给她们制作的美丽嫁衣，桃仁的深厚，花生仁的香艳，冰糖的冰清玉洁，芝麻的锦上添花，都是荷花和玫瑰招婿纳夫的温婉手段，由此，才有江津米花糖这位名家大腕博得众生喝彩，一举成名于华夏，远嫁于异国他乡的辉煌灿烂。

花海无涯爱作舟

1996 年，丈夫转业回来，一家人结束两地分居牛郎织女的生活。

一年后，我调入一新单位。单位有两家属院，也许是得天独厚的条件，两院落都环境优美、四季飘香，奇花异草栽种齐备。我到单位俩月后也分得一套两居室 70 ㎡的住房，外加房外有 100 ㎡的大后院。

这房前主人是给某厅级领导开车的司机，他是一位极喜欢摆弄花草的讲究人，趁自己与领导外出的机会多，总弄些名花异草回来，除了把自己的后花园打理得舒适，还把整个家属院落调理得恰到好处。屋后院落他划分为几大块：一块建了一小型花坛，中置一温州蜜橘，这棵树到我住进时也差不多有碗口大，每年 6—7 月还能采摘儿十斤蜜橘；又在外边靠墙角处向地下挖一方形近 1 米深的水氹，做起了家庭养鱼池，平时外出钓得的鱼吃不完时就暂放养鱼池；在池旁边建一小房子，里面有养鸡的鸡架，有养兔的笼子，可算是家庭作坊式的养殖专业户了；其余的空地沿边缘整整齐齐地摆放很多花草与盆栽，剩下不大的空间作活动场所。可他新搬入的楼房阳台太小，很多花盆不能搬走就留给我们。

这下从无养花经验的我们，只能赶鸭上架走马上任。也不懂各个品种的花草生长属性，怎么施肥怎么浇灌，只得依兴趣使然时不时给各个花盆浇浇水，见有几根杂草也就随手拔除，但更多的管护仍是靠自然赐予，上天安排，也总算是运气好，这些宝贝漂亮光鲜地活着。而他苦心建起的养鱼池和鸡舍兔笼，也留给我们当作了杂物堆砌，无甚用武之地。

我们生活在这空气清新、环境幽雅的院落近两年，一天晚上，不知不觉间，外面游离的一条蛇进了主卧室，游到我的梳妆台前，把自己的破旧衣衫给褪下，一阵惊恐万状之后，我至此不敢接近，梳妆台便成摆设一个，于是，丈夫做出重大决定：外出买房！

一年后，新购的三室两厅的住房也装修完备，搬家就成紧锣密鼓的事，面对家属后院那么多的鲜花盆栽，只好选择性地搬了十几盆据说可以吸收苯胺有害物质的花草，摆放于阳台之上，这些花草离开了自然的生长环境后，有时家里三五天也未见人气，更不用说给花喝水了，到春天该施肥时也没施上肥，也无天然水源注入，没过多久就在我们的不经意间悄然萎靡，一年后全都陨落归西了。随后与丈夫总结经验：那是温饱不均导致的。因为花草通常是在我与丈夫的兴趣使然浇浇水，有时泥巴干透也没见有水喝上，有时一浇水就如暴风骤雨来临，经受不住折腾的花儿们，就这样与世长辞。

这样咱家的阳台就毫无生机地空着，偶尔与夫心血来潮，也时不时地从花市买盆花放置于上，或是有朋友送来的花，就那么孤单地站立在阳台，但总是没过三五几月，又悄无声息地离去。

2007年元旦，我与丈夫到西双版纳旅游时，回程经昆明乘机回重庆，在等候飞机的空隙，专程去云南的花卉市场购买了十多个品种的兰花，先打包空运而回，回家也没及时打开空运箱，在十天后丈夫才抽空找了些熟土栽种起来，阳台上又摆出一溜冒出几点翠绿抑或墨绿的花盆，这缺少生机的阳台才又增添了几抹绿色，但购买的兰花终因未及时种下外加以前的教训仍未吸取，那些姿态各异，有着"岁寒三友"之雅称的可贵又可爱的兰花们，仍是抗不住咱的三心二意，又相继的悲悯而去！

早在 2005 年 3 月，与丈夫审时度势，又做出重大决定，把家里所有积蓄及时准确地投向房产，买了一套大房子，面对空旷的房屋及前后两大大的阳台，丈夫下定决心地说："以后咱们要好好养些花了！"我默然赞同。

到 2009 年，大房子装修完毕，我们也正式搬入新家居住，面对空荡的客厅，除去必要的沙发电视空调等家具家电，房间仍显得空荡，用什么样的方式来布置空间，又成考验我和夫的问题。通过思考，我和丈夫同时想到买鲜花盆栽作摆设。

主意打定，买花买盆买熟土，忙忙碌碌地倒腾，家里阳台和屋内，总算又升起了绿色，为吸取以往几次养花失败的教训，我和丈夫先是查阅，再是咨询，又走访，做足了功课，心中总算有了数。养花历程再次开启，面对花卉苗木，我们分门别类，耐着性子，不求花儿瞬间开放，也不求苗木一下增绿，温水煮蛙般地积攒着养花的经验，沉下心慢慢调养，如对待自家孩子那样，费着心思。终于，我家的阳台上，不过半年时间，十几个花盆的花花草草生长茂密，春季的兰花、初夏的百合花、夏天的葡萄果，秋天的药菊花，甚至连龙血树这样的喜温植物，在重庆这样的阴霾天气下，也能开出星星般的白色小花。

如今，每遇到别人说，家里养花太难，我和丈夫都会告诉他：花海无涯爱作舟呀。

倾听

儿一上车，便开始了他的诉说。

跟以往不同，选择了与儿同坐一排的位置，尽量地挨着他，好想他感受到我的关切。

儿说：这次期中考试不理想。表情很沮丧，我看得出儿很难过。就用手在他腿上轻轻拍了拍，然后摸了摸他的头，轻轻说：没关系的，下次考试别那么粗心就是了。

期中考试结束几天了，儿没打电话告诉家长考试成绩，我们也没问他考得怎样，但我们早已知道他考得不理想的现实。后来，我和他爸打电话给他时，也都没提考试的事，我只说了几句话，仅问了问天气转冷了，你冷不冷，需不需要送些防寒衣物。儿依然的随意，只说：不需要。

其实成绩一出来那天，班主任老师就打电话告诉他爸，儿的总成绩，各科成绩，各科成绩排全年级的名次和全班名次，最后我只知道：儿这次考试列全班第 8 名。

这样的成绩排名不是我儿想要的，他的期望值要高于此，我知道儿心里的难过和沮丧，也没多说，只是在他述说过程中偶尔打断他，意思不外乎都是叫他别那么看重，心里放松些，考试只是检测学习好坏的一个方面，但不是唯一。

渐渐地，看得出来儿的心里没那么难受了，表情也放松了不少，与我有了更亲密的交谈，我也才感到一些轻松，我极度地担心他考差后背上思想包袱，怕他不开心，把自己压抑坏了。

到了解放碑，我俩下车，边说边往重百大楼走。

儿依然在说，我依然听。儿这下几乎是带有一种汇报性的，看得出他已经彻底地放松下来，说得也条理分明，每科学习的状态，轻松程度，在班级的排列情况。一说到数理化，明显感觉出儿的兴奋，因为这是他的强项，在班里有独占鳌头的感觉。最后提到他的英语，也是这次考试拖后腿的科目，儿总结得很好，找准了自己的弱点，然后又谈了自己如何加强补救的措施。

儿的一番话，让我既欣慰又担忧。喜，儿可以说比同龄的孩子睿智，善于总结和思考，有自己的喜好，能对事对物持自己的见解与主张，尤其是对历史、经济、军事及政治敏锐性极强，他的观点极大程度上说可以与许多成人媲美。忧，不得不应对的应试教育制约着他……

把儿送到学校门口，看着大包小包与儿一样提着背着书籍的中学生们，行色匆匆、表情僵硬，依然地，我感觉到了他们的疲乏，但我认为：努力和付出是人生必须经历的过程。

考研记

壹

2016 年 3 月 10 日上午 10 时，儿子两眼从电脑屏移开，双拳紧握，牙关紧咬，一下从凳子上站起，嘴里发出一声：耶！

看得出，儿子在极力释放一种郁结，把压抑在心中那股郁气全部发泄出来。当这结果出来，他瞬间的兴奋和激动，有些用力过度，以至于屁股下的凳子一下被冲击力弹起迈出老远。见此情景的儿子爸，立即上前，俯身一个拥抱，将儿子紧紧抱在怀里。父子俩，半天没说话，就只是抱着。

这天是 2016 年全国研究生考试笔试成绩公布日，看到成绩的儿子，理所当然地产生的这一壮举。

这是儿子努力的结果，也是全家人最感欣慰的事情。半年多的煎熬和等待，终于有了满意的答复。

贰

儿子大三结束时，摆在面前的路只有两条，要么就业，要么继续读研。儿子通过再三思考，放弃较好的工作机会，最终决定考研，继续学习。

这决定做出，就意味着他又得重复一次高考备战的过程，伴之而来的是压力和辛苦，况且时间又那么短，不足四个月。可儿子决定的事，我们极力支持。能对自己的人生做规划的 90 后，我们打心眼里是高兴的。所以，全家上下同心同德，按这一条道路这一目标往前走。

俗话说得好：说说容易，做起来难。慢慢地，儿子面临的压力就体现出来。儿子读大学时从大一到大二，担任着学院学生会的外联部部长和校学生会的外联部部长兼人事部部长，社会事务繁杂，用于钻研学习的时间很少，对课业掌握根本谈不上精进，一旦确定考研，对课程的要求肯定就要深入得多。这样一来，相当于儿子又得在短短近四个月时间里，把大学课程从头到尾再学习一遍，外加复习众多的参考资料。

又归于零的学习，把儿子逼入学习的困境。

首先是考研书籍的确定。不指定任何参考书，不提供任何试题，完全是通过自我分析和小道消息来备考。这是多么难的事情，无目标、无头绪、无方向。走弯路、心慌慌……通过思考，沉下心来，慢慢整理、慢慢梳理，最后确定了方向。去买参考书时，面对书城琳琅满目的考研参考书籍，选择又是个太难的问题。专业辅导、英语辅导、数学辅导等等，尤其数学还得分数一数二数三，对于儿子这样的考研人，似乎都是一个个难题。原计划考本院本校的硕士研究生的儿子，选来选去，最终还是把数二选成了数一。按考试的规定，如果考本院校的硕研，高数只考数二，如果考外校的研究生，则考数一。

接下来就是复习。复习是个高难度高强度的学习过程，还得耐得住寂寞和清苦。很多考研学生，都在这一关败下阵来，要么有雄心没耐性，要么有耐心没雄心，总之，最终不是别人选择了自己，而是被自己淘汰出局。所以立志考研学生中，通常在复习过程中，庞大的队伍，总有人在掉队。有甚者，考试完前一两科，后面的科目，就不见了人影。而并不知道自己选错高数的儿子，拿着书本就投入紧张的学习，一月过去，书本啃得是磕磕碰碰，时间也已到九月底。无语，傻眼，还剩不到三月的时间，放弃还是再换书本啃？纠结，矛盾，此时，儿子又下定一个决心，换考试学校，选择考另一学校硕研。这个决定的做出，儿子没有告诉我们，只是自己默默承受着压力，承担着风险，也只有更加努力地拼搏。

这期间，儿子除了学习吃饭睡觉，再也不会干别的事。学校图书馆就成了他生活学习的栖息场地，没有休息时间，没有娱乐活动，更没有探亲访友的消遣时光，一天五六个小时的睡眠，人已消瘦，精神萎靡，小小的络腮胡子也根根竖起，但考研的熊熊火焰，却在蓬勃燃烧起。

啃不懂的高数，啃完一遍，又重头再啃；还有专业课，一遍一遍地啃课本，做练习题；这期间还得把考试的五门课程平衡好、安排好，不能顾此失彼。早上六七点起床就背英语单词，白天在图书馆的时间就攻专业书籍、物理、化学和高数课程，晚上十点图书馆关门回到寝室，再花两小时来加强政治课程的攻克。

这样的生活持续了近四个月，到 12 月 25 日考试时，儿子非常有信心地说：我的专业课几乎是吃透了的，高数也过了三遍以上，也广泛做了练习题，包括国内多个一流大学同专业的考研题都练习了一遍。

叁

不过万事都有意外，考试一结束，儿子却有些泄气，心情极差，觉得自己考得不理想，尤其是高数，儿子提都不愿提及。

完全认为自己不会成功的儿子，心情是极其郁结和难受的，一直沉闷地过完春节。好不容易挨到三月中旬考研成绩公布出来，儿子不仅考得很理想，在他认为考得特别差的高数上，还取得了不错的成绩，高出本地区数一平均分三十多分。原来，这次考研，难的就是高数，几乎的学生都栽在这一科。儿子之前虽然感觉正确，但也没想到自己比起人家来，还是要技高一筹。

看到分数后，儿子非常激动，然后分析对比自己总分和各科成绩，总分339分，这分数比上一年清华大学同专业录取分数还高19分，比自己报的985大学上一年也高出19分，最终他判定：不出意外，应该可以进入复试。

儿子的复试准备是不充分的，或者说，压根就不知道怎么来准备复试这一关的。既然不知道如何应对复试，那么一切就顺其自然吧。儿子只是提前在复试学校周边订好宾馆，与考生一起商议去复试的事。我们家长，完全没有办法帮助他，唯一能做的只有等。

复试回来，儿子也是很郁闷的，他说英语口试不如意。我们也知道，英语口语一直是儿子的短板，考不好也在意料之中。这样全家几乎又是在忐忑中熬着日子，等待复试结果出来。

煎熬的等待在一天一天，一分一秒中度过，一月过去，终于等来出结果的时日，最后，儿子如愿以偿考上他心仪的那所985大学。

肆

考生整个考研过程，面临的有三大难关，一是选择难，选择学校，选择专业，选择方向，选择导师，选择参考书籍，一切，都靠自己分析把握，没有人告诉，没有人指引，难。二是复习阶段难，这个过程必须得沉得下心，抛弃一切杂念，全身心地投入，守得住寂寞和清苦，镇得住心魔和忍得住诱惑。三是等待难，个中的等待，笔试出成绩的等和复试结果的等，都是两把尖刀样地切割着考生的身心，没有强大的内心，可能会在等待的过程中把人给逼疯喽。首先说，每年12月下旬笔考，考完，得等三个多月之久，笔试成绩才姗姗出来，这一成绩出来，如果想要知道是否能进入复试这关，又得等，待大家的热情都快耗光之后，出结果了。这期间的时间，几个月，说长不长，说短不短，对普通人来说，一晃而过，但对于考生，他们却是数着时针在忍受着煎熬，这样一个时间段，无疑是漫长又艰涩。

通过儿子考研一事，若想获取考研的成功，考生除了有强大的承受能力，还得有过硬的专业基础，扎实的数理化理论，得懂当今的时政，还得把外国人说的话流利地表达和书写，否则，想顺顺利利去读研究生，很可能就是奢望。

考个研啊，真是不容易。

兰香 书香 茶香

下班回家，满屋的香气氤氲，饭菜的鲜香和花草的清香，在屋里和全身上下交融飘逸。尽管洗手即可吃饭，我却不慌不忙，总会转悠到阳台，要么瞅瞅多肉，要么提一壶水，仔仔细细地把那些翘首以待的花草浇灌一遍。

这已成习惯，阳台的那些绿，已成生活中不可分割的一部分。所有花草，我最喜那几盆兰。

对于兰，大多数中国人都有偏好。只因了兰的美好高洁品性，为无欲无求的花中君子。如以极功好利的心态来养育，奢望过多，溺爱不行，粗管又无诚意，实则需要一个度。可已习惯快节奏的中国人，若能静心来揣摩兰生长习性的人又极少，不是溺爱就是粗管，很难把这个度掌握得刚好。故，爱兰者众，成就者寡，于是造就人们见兰就疯狂地喜爱的癖性。

我也不例外，既爱兰又惧兰。

诚然，既为四君子中的兰，肯定不是任何人都料理得恰当，我也

194

依然。

我们养兰有多年，大小规模地养也有好几批次，能较顺利养好，也只有近两年。九十年代后期，我家的兰，是住屋前主人搬家后留下的，一是我们没有养花的经验，二是压根没心思管理。这样的态度和作为，兰肯定不会给予回报，不久都纷纷离去。后来，见一朋友是爱兰之人，家中兰养有很多品种，因为羡慕和贪婪，厚着脸皮讨了两盆回来，最终还是没有养活。再后来，我和夫到云南去，去到花卉市场买了很多品种的兰打包空运回来。由于没有及时拆除包装外加种植很敷衍，那么多种兰，也没能在我家顺利存活下来。

现在阳台上的兰，是在总结前几次养兰的基础上，慢慢摸索出的种养方法才得以存活的。兰，终于没有让我们失望，你给它温暖，它留下灿烂，总算在阳台扎下根。每到春天3至4月，春兰开放；君子兰心急火燎地4至5月也鲜艳；墨兰最先羞羞答答的，花蕾总要孕育几个月，但开放却也尽人尽意，开放在上年12月至来年的3月。兰品种不同，孕育和开花时间就不同，错开的绽放，总用香气把我家给装扮。

不管哪种兰，都有一种让人沉醉的清香。那朵朵盛开的花姿，春兰简约，君子兰张扬，墨兰玲珑洁雅，娇媚若羞。尽管姿态不同，花容各异，色彩却都优雅，能给人带来一种幽静。那清淡的花香，安静而芬芳。于是，赏兰、嗅兰，闻着兰的香气我们欣欣然地过，读书写字喝茶聊天，将平常人家的生活简静优雅地安排着过。

我喜欢在兰花开放的时节，坐在书房里，翻开沁着油墨香气的书本，一字一句地读书。有时兴趣来了，也写些抒发情怀的诗文。在书房的时日，心很沉静，也很充实。时而，瞅瞅窗外那几株高大的白玉兰，它们从不疲惫和厌倦，小家碧玉的花朵，从春开放到冬。有人说，这是四季白玉兰，我想，应该是吧。不然，怎会四季都有洁白的花朵从顶端，从枝叶的罅隙拼命地冒出来。

家里家外都有香气围绕，这样的日子，温馨又平凡，外加书香墨香的陪护，美好而悠然。

儿子的那间屋，是离兰最近的。他的屋子与书房并排，阳台的花香，最先穿过他的房间，才过书房来。儿子喜爱家里的花草，也喜爱兰花的香气，总是有意无意表达他热爱我们这样的家。他也在这样的香气中读书游戏。每次回家休假，假期结束后总是心欠欠地舍不得走。但儿子有他的使命，使命在身，路就在远方。这样的居住环境，给他带来冲刺的力量和勇气，大学一毕业，经过三个月的准备，就顺顺利利地读上研究生。他的成长，仿若兰花的种植一样，溺爱不行，粗管又无成效。我们与他之间的关系，似友似朋。对他的教育，爱要施予，情要表达，以身作则用榜样的作用去感化他。有儿子的加入，家里的书香气似乎又浓郁了一些，犹如他在朋友圈里说：家里有个爱养花，爱刺绣，爱写文章的母亲是很幸福的……

花草也是懂气息的，就如人是懂情感的一样，它们也爱与书香做伴，与爱书的人家为伍。放眼古今，有哪个饱读诗书，满腹经纶的文人雅士不是爱花、惜花、懂花之人？

人至中年，对人生之事，皆以淡然处之，无欲无求，不近功利，这似与兰有着相通的共性。

有了兰香和书香，再伴以茶香，那么生活就会更加闲适。原本，我们是不爱茶的，近两年，也潜移默化地有了识茶，品茶的偏好。尤其是夫，下班回家，吃过晚饭，就约几茶友，一起到茶社品茶香，谈人生了。

晚七八点出，九十点回，一天几小时的品茶工夫，把他也几近培养成一个懂茶之人。由此，每晚回家，我们谈话内容又多了一个关于茶的话题。我已隐约觉出，他也试图将我培养成十足的茶友。

如今，正筹划着在家中建一茶台，无事闲品三两杯，兴趣来了邀三五爱好者共品，谈谈茶事，说说闲情，摆摆龙门阵。

试想：温一壶山泉水，泡一壶茶，看茶汤色澄透亮，气味幽香如兰，口感饱满纯正，圆润如诗；品上一口，回味甘醇，齿颊留芳，韵味十足。顿觉人生如梦似幻，仿佛天上人间……

闻兰香，识书香，知茶事，悟人生。夫总说：看点闲书，喝点闲茶。这样的日子，简单、安然，如诗也如画。

后记：为生活而写

2007 年，偶然的机会，我开始走上文学创作之路。这条路沉静又悠然，既充实又暖融融。回头一看，十年有余的时光。一晃而过，最大的感受就是把我的生活用文字表达出来。

生活是最好的老师，永远比我们的想象更加丰富，是我们灵感再现和创作的源泉。"问渠哪得清如许，为有源头活水来"。没有生活的文学，就是无根的浮萍。

习总书记在文艺座谈会上说：人民是文艺创作的源头活水，一旦离开人民，文艺就会变成无根的浮萍、无病的呻吟、无魂的躯壳。当初提笔写字，仅写些网络文字，一旦有空闲就沉湎于网络之中，在大小论坛的文学版块串，尽管还在《读者》杂志等多家官方论坛当过版主及管理员，但那时，写些个人小感受、小体会，多是浮于表象的东西，写出来的文字就是没有灵魂的躯壳。再通过慢慢摸索，以及师友们的引领，找到一些写作路径，有了一些写作方向。通过近两年加入一个叫作协的大家庭，这里有更多师友，他们也乐于助人。在他们的帮助和鼓舞下，我的写作风格也大为改善，写出的东西有了内容，有了厚重感，一下就觉得有了灵魂和思想，很快得到纸媒编辑的认可，还经常有杂志报纸编辑来约稿了。近几年就分别在《中国文化报》《散文百家》《散文选刊》《辽河》《青海湖》《重庆晚报》《重庆日报》《重庆政协报》《西部开发报》等百余家报刊发表作品，还在全国征文比赛中几十次获等级奖，这些成绩取得都与师友们交流、支持和鼓励分不开，他们来自生活，贴近生活，也是现实生活的一部分。

我是土生土长的大足人。大足石雕文化源远流长、长盛不衰。大足石刻这一世界文化遗产的存在，告诉我们大足这个历史文化名城的深厚沉淀。大足这片厚重的土地给予我们的精神食粮丰厚且富饶，注重本土文化资源的继承与发扬，将是未来写作中不可缺少的元素。70 余处、5 万余尊的摩崖造像以及众多非物质文化遗产，大足珍贵的红色文化、重型汽车摇篮等等文脉，是大足人得天独厚的文化基因，一直等待着我们去做更深更广阔的发掘和歌咏。由此可见，生于大足，长于大足的我，有着如此丰厚的上天赐予，是历史的眷顾，更是生活的幸运。

大足"物华天宝，人杰地灵"。这片土地产生过一批又一批杰出的人才。在当今，影响重庆、影响全国的诗歌散文小说创作中，大足人仍占有不可忽视的席位，他们是我们大足文学继往开来的原始资本，也将是我学习的楷模与典范。

正是因为有着这样卓越的文化氛围，我坚信：越是生活的，越是有生命力的。为此，在未来创作中我将努力挖掘地方文化资源，慢慢讲述在大足这片土地上，我们及我们的祖辈所发生的故事与过往。

生活是最好的老师和引导者，以后我会全身心地依附于她，依恋着她，以生活之哲理，思考生活，以生活之亲切，扎根于生活并表现和抒写生活。

诚恳写作是一种庄重严肃的写作态度，我坚信写作是要下一番功夫的。正如毛泽东主席所说："语言这个东西不是随便能学的，是非下苦功夫不可的"。坚持、坚守内心的真诚，在这个生活节奏加快物欲横流的时代，稳住身，静下心，守信寂寞与清苦，不贪功利，不走捷径，坚持认真严谨的写作，做一个有风骨的文学追随者。

邹安超

2020 年 6 月